CW01267416

AMSER NADOLIG

✸

AMSER NADOLIG

GOLYGYDD
LOWRI HAF COOKE

sebra

Cyhoeddwyd yng Nghymru yn 2024 gan Sebra, un o frandiau Atebol,
Adeiladau'r Fagwyr, Llanfihangel Genau'r Glyn, Aberystwyth, Ceredigion SY24 5AQ.

ISBN: 978-1-83539-012-2

Hawlfraint y testun © yr awduron
Hawlfraint y cyhoeddiad © Sebra
Hawlfraint y ffotograffau © Heather Birnie
Hawlfraint y gwaith celf © Elin Angharad Jones

Lluniau personol o archifau'r cyfranwyr unigol
Delwedd y clawr Designer things / Shutterstock.com

Cedwir pob hawl.

Ni chaniateir atgynhyrchu unrhyw ran o'r cyhoeddiad hwn na'i drosglwyddo ar unrhyw ffurf na thrwy unrhyw fodd, electronig neu fecanyddol, gan gynnwys llungopïo, recordio neu drwy gyfrwng unrhyw system storio ac adfer, heb ganiatâd ysgrifenedig y cyhoeddwr.

Dyluniwyd gan Rebecca Ingleby Davies
Golygwyd gan Elinor Wyn Reynolds
Ffotograffau gan Heather Birnie
Coginio a steilio bwyd gan Lisa Fearn
Gwaith celf gan Elin Angharad Jones

Prawfddarllenwyd gan Adran Olygyddol Cyngor Llyfrau Cymru
Cyhoeddwyd gyda chymorth ariannol Cyngor Llyfrau Cymru

sebra.cymru

CYMYSGEDD
Yn cefnogi
coedwigaeth gyfrifol
FSC® C114687

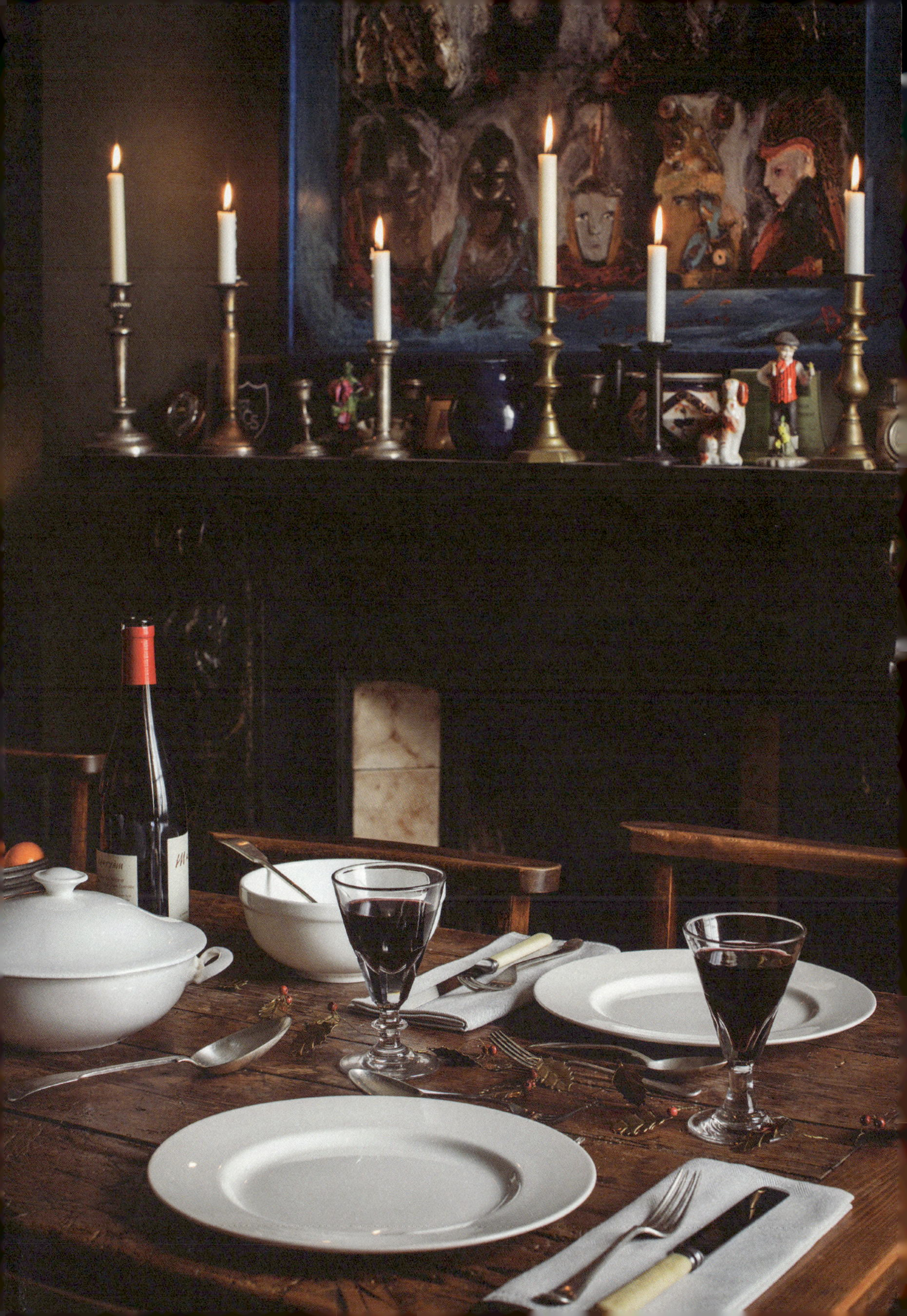

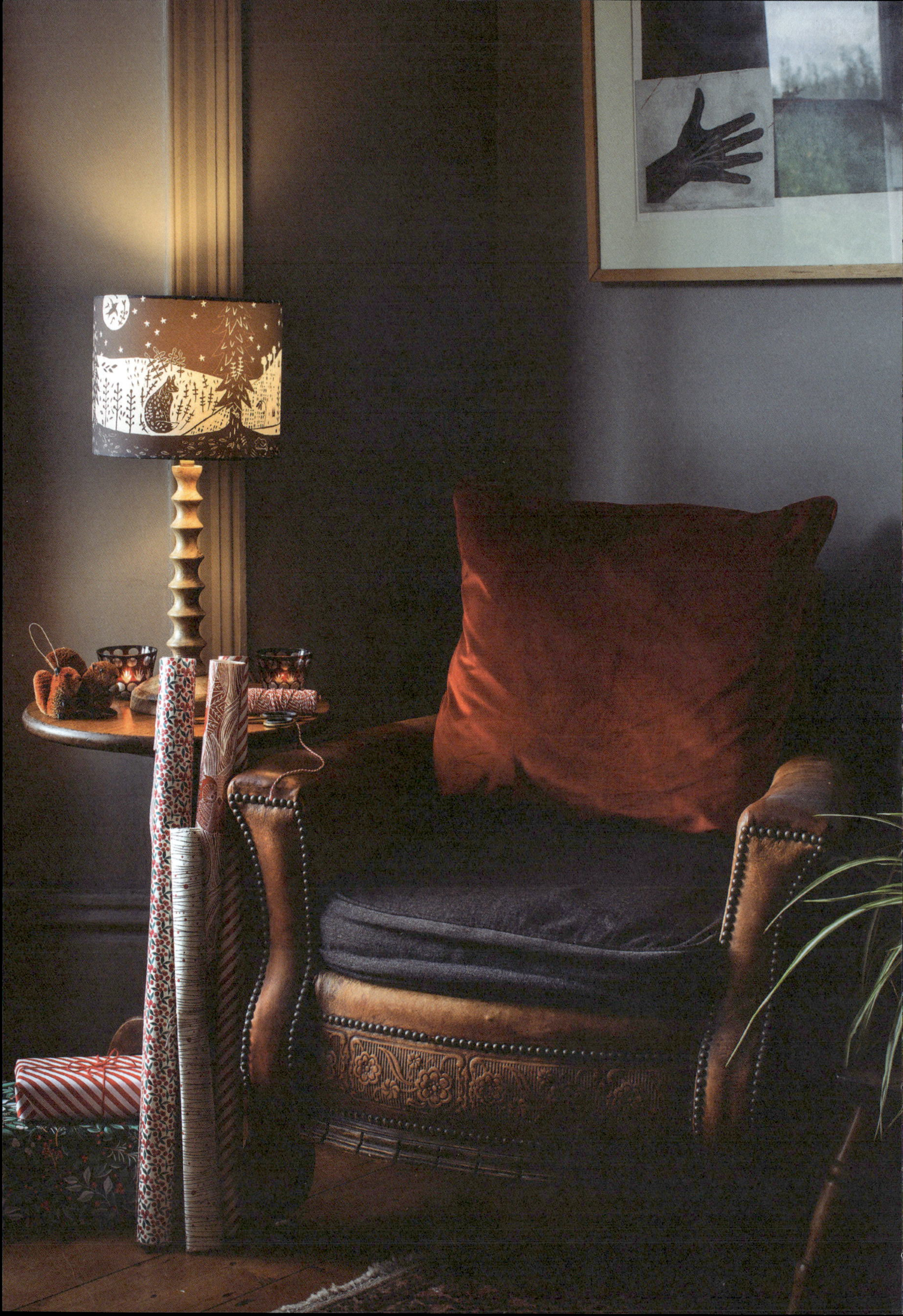

RHAGYMADRODD

Ydych chi'n barod? Oes tipyn ar ôl gennych i'w gyflawni eto o'ch rhestr Nadolig? Sawl cwsg sydd i fynd tan y diwrnod mawr? Mae 'na lu o bartïon ac anrhegion i'w trefnu, a gorchwylion fyrdd i'w cyflawni dros dymor yr ŵyl. Wrth gwrs, mae'n gyfnod cymysglyd o bleser – ynghyd ag efallai ychydig o bryder – a phrysurdeb mawr i bawb. Felly, dyma roi gwahoddiad i chi eistedd, a neilltuo amser i chi'ch hun. Ymlaciwch. Gymerwch chi baned, neu lasied o rywbeth? Anghofiwch bob dim am nawr. Gwnewch amser i gofio, i fyfyrio, i flasu ac i synhwyro wrth bori trwy'r gyfrol hon ...

Y cwestiwn a ofynnais i bob cyfrannwr wrth gasglu'r llyfr hwn ynghyd oedd: 'Beth mae amser Nadolig yn ei olygu i chi?' Dysgais yn reit fuan fod gan bawb eu teimladau penodol eu hunain am y cyfnod arbennig hwn o'r flwyddyn. I rai, y capel sydd wrth galon yr ŵyl. I nifer, mae'n gyfnod cymdeithasol iawn. I eraill, mae'n gyfle gwerthfawr i adlewyrchu, i ymdawelu a gaeafgysgu. Mae hefyd, yn bennaf, yn dymor o ddathlu a gwledda, ac yn gyfnod i dreulio amser gyda theulu a ffrindiau.

Yn sicr, mae yna rywbeth i blesio pawb yn y gyfrol hon. Digonedd o straeon a hanesion, ysgrifau a myfyrdodau, a syniadau i'ch ysbrydoli – neu eich suo i gysgu. I gyd-fynd â sawl cyfraniad mae nifer o ryseitiau personol o geginau ledled Cymru a thu hwnt. O ran trefn, bwydlen flasu sydd yma fel math o gydymaith all gadw cwmni i chi ar hyd y tymor dathlu, ond heb y pwysau i lynu ati'n slafaidd. Mi fedrech chi goginio'r wledd gyfan, neu ddewis ambell beth i'w flasu eleni. O goctel ar gyfer parti neu bwdin i'w gyflwyno'n anrheg, fersiwn wahanol ar bryd cyfarwydd, hyd at ddanteithion traddodiadol wrth ganu a chasglu calennig.

Ystyriwch y 24 cyfraniad fel cynnwys bocs siocled, neu ffenestri calendr Adfent yn arwain tuag at y Nadolig. Efallai y bydd rhai am eu sglaffio nhw i gyd mewn un eisteddiad, tra bydd eraill, o bosib, am greu defod nosweithiol o bori pytiau ac ymestyn y pleser o'u darllen. Yn bendant, mae'n gyfrol sy'n llawn naws a theimlad i gyfoethogi amser Nadolig. Bydd hyd yn oed blas bach o'r gyfrol yn ddigon i'ch sbarduno i'w rhannu ag eraill, ac yn pasio neges bwysig yn ei blaen – 'gwnewch amser i chi'ch hunan.'

Wedi'r cyfan, dim ond 24 awr sydd mewn diwrnod hefyd, ac mae'r oriau hynny hyd yn oed yn fwy gwerthfawr amser Nadolig. Amser Nadolig. Am-sêr Nadolig, i oleuo'r tywyllwch ganol gaeaf.

Lowri Haf Cooke

EGGNOG – TAMAID I AROS PRYD

Yn amlwg, mae yna lawer o ddiodydd sy'n rhan o'r cyfnod tymhorol – o baned o de gyda mins pei, y coffi gorau ar fore Nadolig, hyd at y blas cyntaf o jin eirin tagu'r hydref, neu Kir Royale a'i flas Ribena wrth lapio anrhegion. Ond dyma'r coctel Nadolig dwi'n ei baratoi mewn corwynt o gynnwrf a thoc cyn croesawu teulu a ffrindiau i 'mharti Nadolig i. Bydd yna gyffro mawr o flaen y goeden wrth ei gyflwyno, a sain ochneidio dedwydd, 'Nawr, mae'n Ddolig.'

Rhaid i mi rannu'r rysáit hon gyda chi oherwydd dyma ecstrafagansa o goctel. Mae'n edrych ac yn blasu'n ffantastig, ac mae'n bendant yn werth mynd i'r drafferth i'w greu. Dychmygwch ddyn eira Raymond Briggs wedi'i groesi gyda'r Staypuft Marshmallow Man o *Ghostbusters*, a joch o hufen drygionus i wneud iddo flasu fel cwstard treiffl. Y traciau sain i'w chwarae wrth greu'r eggnog yw cyfuniad o 'Nadolig? Pwy a ŵyr?' gan Ryan Davies, 'Christmas in Hollis' gan Run-DMC … a hoff gân Nadolig o'ch dewis chi.

Cynhwysion

(Digon i lenwi 8–10 gwydr, felly hanerwch, neu chwarterwch y rysáit, os am arbrofi'n gyntaf)
1 gneuen nytmeg
250ml bourbon neu rym
6 wy
150g siwgwr mân
250ml Baileys
900ml hufen sengl

Dull

Yn gyntaf, gwahanwch y 6 melynwy a'r gwynnwy oddi wrth ei gilydd. Rhowch y melynwy mewn powlen ganolig ei maint. Cadwch y 6 gwynnwy mewn powlen arall am y tro.

Ychwanegwch hanner y siwgwr mân at y melynwy sydd yn y bowlen gyntaf, a chymysgu gyda chwisg trydanol tan y byddant wedi tewhau.

Yna ychwanegwch y diodydd alcohol a'r hufen i'r cymysgedd a pharhau i gymysgu am funud. Gallwch baratoi'r cam hwn o flaen llaw os ydych ar frys mawr; gorchuddiwch y cymysgedd a'i osod yn yr oergell, ond cofiwch ei gymysgu'n dda unwaith yn rhagor cyn bwrw ymlaen â'r cam nesa.

Yn y bowlen arall, ychwanegwch weddill y siwgwr at y gwynnwy a'u cymysgu ynghyd gyda chwisg trydanol nes creu cymysgedd sydd â chopaon ewynnog, meddal.

Plygwch yr ewyn gwyn yn ofalus i mewn i'r 'cwstard' eggnog, cyn tywallt y cyfan i jwg neu wydrau hardd. Cyn gweini, gratiwch y gneuen nytmeg dros yr wyneb.

A dyna ni, mae'n Ddolig o'r diwedd!

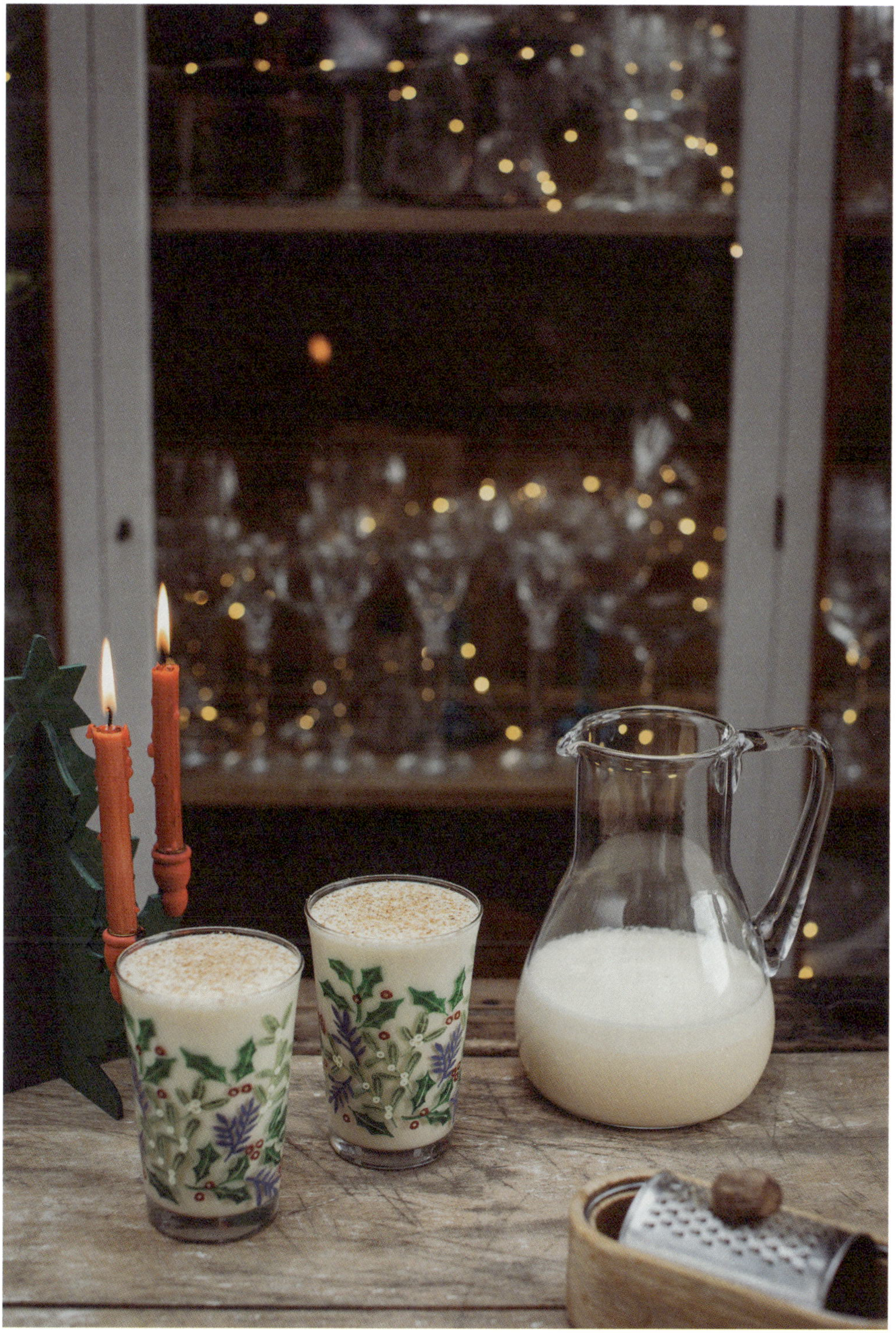

NADOLIG LLAW

CYNNWYS

1	Siân Melangell Dafydd	Nadolig i nôl yr haf i'n boliau	16
		Catwad eirin moch	20
2	Menna Machreth	Chwilio am dangnefedd	22
3	Carys Eleri	Gaeafu	26
		Afal poeth sbeislyd	30
4	Adam Jones	Plannu'r Nadolig	32
		Picl bresych coch	36
5	Gareth Potter	Angyles shabi a Santa	38
6	Nici Beech ac Alun Cob	Nadolig ym Mhen Cerrig	42
		Labskaus Pen Cerrig	46
7	Lowri Haf Cooke	'It's a wonderful life'	52
		Salad ffrwythau	60
8	Siân Eleri Roberts	Diwrnod yr Ham	62
		Yr Ham	66
9	Jon Gower	Rwlét twrci	68
10	Huw Stephens	Noson oer Nadolig ...	72
11	Angharad Penrhyn Jones	Llinyn cyswllt	76
		Risgrynsgröt – pwdin reis Mam	80
12	Myfanwy Alexander	Ar gyfer heddiw'r bore	82
		Hufen iâ pralin	88

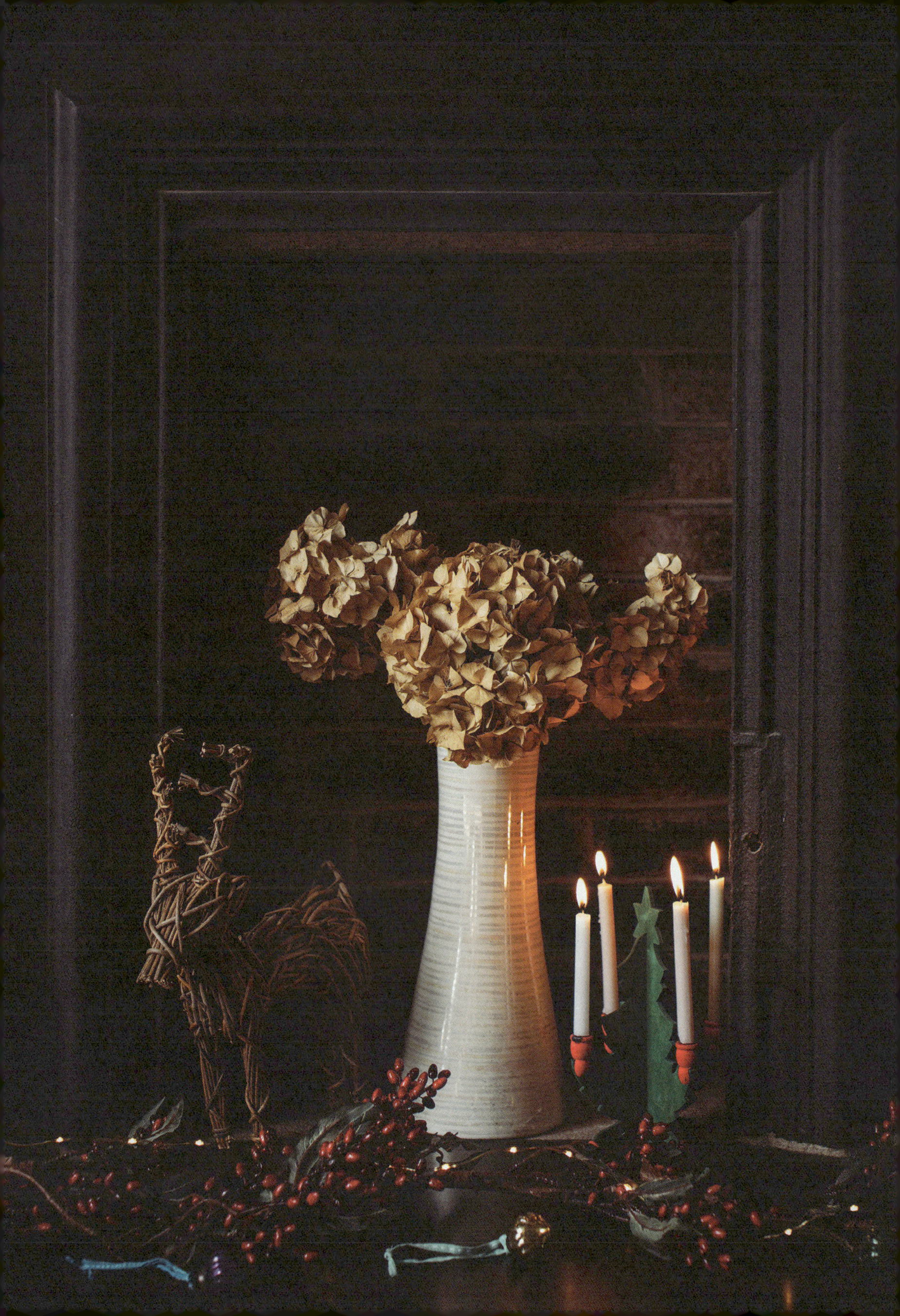

CYNNWYS

13	Delyth Badder	Hud a lledrith ar fore Nadolig	92
14	Arwel Gruffydd	Bob blwyddyn! Oes rhaid?	96
		Cawl cnau castan a brandi	100
15	Elin Haf Prydderch	'Di Dolig ddim yn Ddolig heb ...	102
		... Sbrowts	106
16	Peredur Lynch	Vulcan, Jamie Oliver a grefi'r ŵyl	108
		Grefi'r Nadolig	112
17	Mari Elin Jones	Clwyf ar y cydwybod?	114
		Roulade Nadolig	118
18	Mel Owen	Nadolig gorlawn o gariad	120
		Rice & peas teulu ni gyda sbarion twrci	124
19	Marion Löffler	Adennill 'gwlad y tangnefedd coll'	128
		Cig oen gŵyl San Steffan	132
20	Dorian Morgan	Bocs siocled	134
21	Elidir Jones	Pwy sy'n dŵad	138
22	Elinor Wyn Reynolds	Teisen ein breuddwydion	144
		Teisen siocled a betys	148
23	Carwyn Graves	Tu hwnt i'r twrci a'r teulu	150
		Miogod criwsion	154
24	Corrie Chiswell	Auld Lang Syne ... amser maith yn ôl	156
		Bannock afal	162

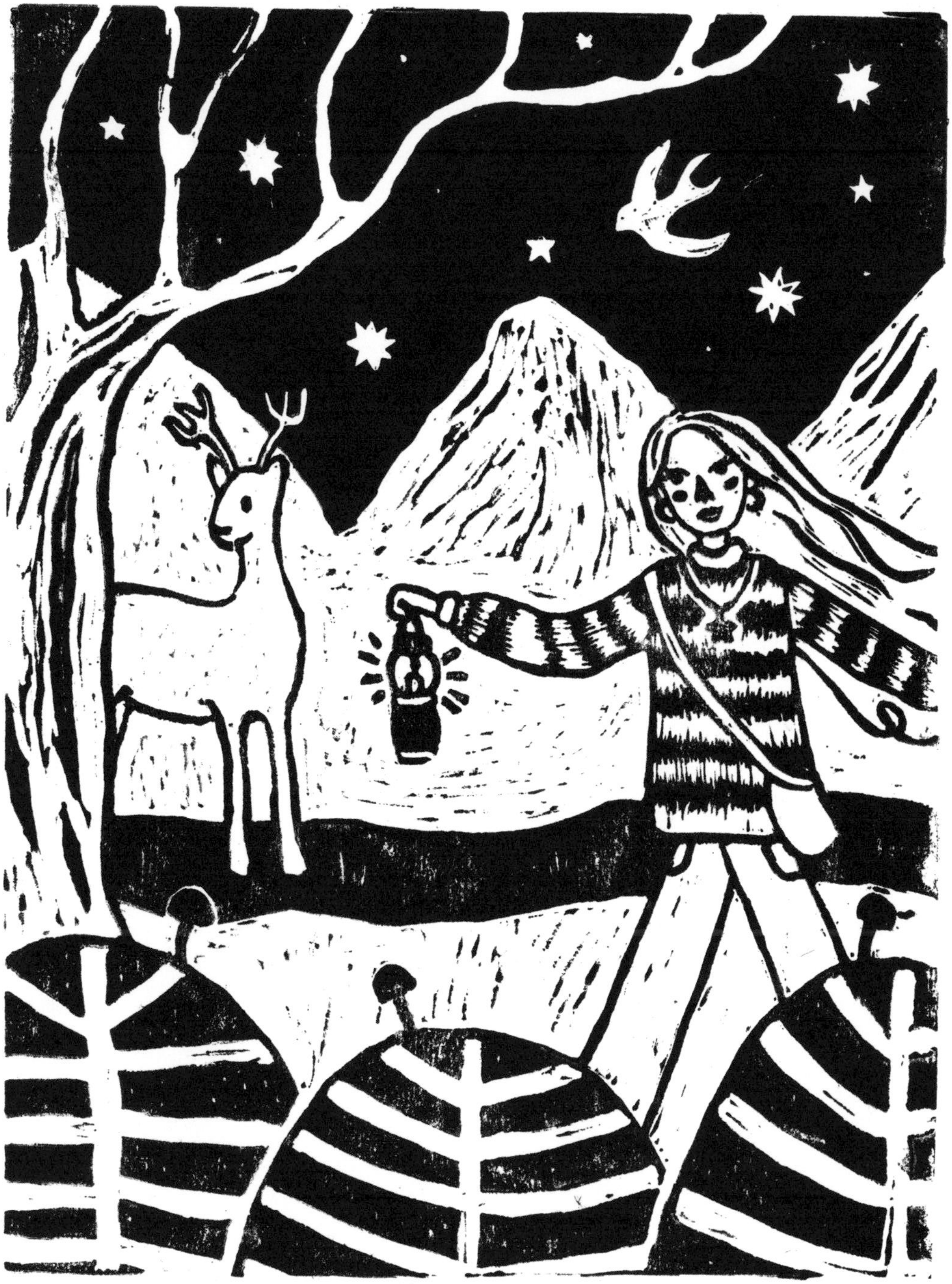

1

SIÂN MELANGELL DAFYDD

NADOLIG I NÔL YR HAF I'N BOLIAU

Yn llawysgrifen Nain Bryn, roedd y gair 'love' ar restr gynhwysion ei phwdin Nadolig. Baglais o'i weld y tro cyntaf, gan geisio ei ddarllen fel enw sbeis. Am ychydig eiliadau yn unig, doeddwn i ddim yn adnabod 'love' yn y cyd-destun hwnnw.

Nain oedd yn iawn, wrth gwrs. Dychmygaf hi'n ysgrifennu'r rysáit yn ufudd a defodol, o'i glywed gan ei mam neu ei nain ei hun. Nain fechan yn ei hesgidiau maint tri, ei chyrls duon, a'i chalon mor fawr. Hi oedd yn gwneud pwdin Nadolig pawb bob blwyddyn – powlenni gwynion o bob maint yn rhesi yn y gegin ac yn barod i'w berwi yng nghartrefi amrywiol ei hwyth o blant ar ddydd Nadolig.

Dyma'r math o ymadrodd sy'n cyd-fynd â'r Nadolig yn aml, 'Bob blwyddyn byddwn yn ...' Mae ein defodau mor sicr â'r tymhorau eu hunain, a'r Nadolig yn gwahodd arferion sicr yn fwy nag unrhyw gyfnod arall. Nain oedd wrth y llyw. A Mam fu wrth y llyw. A rŵan, rydw innau'n fam a gwelaf, er bod cerrig milltir i'r ŵyl a chymaint o bethau yr un peth, fod peth newid tawel wedi digwydd i'r arferion hefyd. Rhywle ymysg sbeis traddodiadol y Nadolig – y clof a'r cardamom, y sinamon a'r cariad – rydw i wedi gosod cynhwysion fy hun. Dyma rannu rhai.

Cyfnod yw'r ŵyl i mi, nid diwrnod. Efallai mai dyma ddatrysiad mam i'r 'busnes' Nadolig sy'n rhoi cur pen. Rydw i'n taenu'r Nadolig yn denau a blasus dros yr wythnosau ym mis Rhagfyr. Byddaf yn gwneud calendr sy'n rhoi ysgogiad i ni fynd allan, sut bynnag dywydd sy'n cyrraedd, a phrofi rhywfaint o awyr iach a phridd y ddaear o dan ein traed bob dydd. Calendr Adfent heb y siocled (mae digonedd o siocled, ond rydw i'n osgoi gadael i siocled neu anrheg fod yn bwrpas y dyddiau).

Os ydi cymdeithas yn dweud fod rhaid brysio i gyflawni rhestrau tasgau a rhestrau gwario-pres, mae'r tymor y tu hwnt i ddrws y tŷ yn tawelu, ac ar hynny y bydda i'n trio gwrando. Daw heuldro'r gaeaf, a chyfleoedd i gwrdd â ffrindiau ar gyfer gorymdaith Adfent a'r plant i gyd yn cario llusern drwy dywyllwch cefn

SIÂN MELANGELL DAFYDD

gwlad. Ac rydw i'n un ystyfnig wrth symleiddio a sylwi ar hyfrydwch hyn. Yn benderfynol o gael treulio amser y tu allan pan fo'r awch yn llai a'r angen yn fwy.

Dyma hefyd amser hyfryd o nôl yr haf i mewn i'n boliau. Nid fy mod i'n rhywun sy'n meddwl yn ddi-baid am y Nadolig o fis Gorffennaf (neu'n gynt), ond mae byw fel fforiwr ers blynyddoedd wedi gwneud gwiwer ohonof. Byddaf yn mwynhau cwmni craf y geifr, neu ddail garlleg gwyllt, yn ffres tra'i fod gyda ni. Ond bydd y dail sy'n rhoi wmff i mi ym mis Ebrill ar gael hefyd i gynnal corff blinedig drwy'r misoedd llaith nes ymlaen gan fod pesto gyda dail y craf wedi ei rewi ar gael i lenwi byns bach wedi eu pobi mewn siâp coeden fythwyrdd. Bydd halen y craf (a danadl poethion a gwymon fel arfer) i gyfoethogi prydau hefyd. Mae danteithion mewn jariau, yn frandi, olew, finegr a surop, yn barod ar gyfer achlysuron pwysig. Dyna deimlad braf yw gwybod – mae gen i rywbeth arbennig yn barod i'w rannu.

Hoff air fy mab wrth weld suran y cŵn cynta'r gwanwyn yw 'gwledda', ac mi fydd yn estyn gwahoddiad i bwy bynnag sydd gyda ni i eistedd wrth droed y clawdd i wneud hynny. Mae'n byw gyda'r tymhorau. Mae dathlu eu dyfodiad yn rhan ohono. Felly hefyd yn y gaeaf, ond mewn welingtons. Er bod byd natur yn darparu rhai pethau prin i'w bwyta ym mis Rhagfyr, mewn cwpwrdd yn y gegin mae'r wledd erbyn hynny. Daw'r amser i ymestyn am sbeis hadau efwr a gasglwyd ym mis Hydref, sy'n flas a phersawr Nadoligaidd ynddo'i hun – yn sinamon a chardamom cynhenid. Gwnawn fisgedi blawd eincorn, dail pinwydd, rhosmari, hadau efwr, triog *molasses* a sinsir. Rhown emwaith o egroes, o'u casglu ym mis Medi, yn ein crymbl afalau euraidd, surop ysgawen ar iogwrt neu hufen iâ. Os ydi'r ddaear yn rhoi i ni'r llysiau er mwyn deffro'r system imiwnedd a chynnig hwb i'r iau a'r system lymffatig yn y gwanwyn gyda'r danadl poethion a llau'r offeiriad, y llysiau chwerw yn ein hatgyfnerthu, mae hefyd yn gofalu amdanom drwy fisoedd yr haf a'r hydref er mwyn darparu sbeis i'n cynhesu a'n hadfywio yn y gaeaf. Daw fitaminau C o goch yr egroes a'r pwerdy iach a blasus yn yr ysgawen. Os mai Nain, a'i nain hi cyn hynny, oedd yn iawn, awn yn ôl yr holl ffordd at y Fam Ddaear felly, a'r cariad hwnnw sydd ymysg y cynhwysion. A thu hwnt i ddanteithion plant, mae 'ffisig' y galon yn y cwpwrdd hefyd – tintur o betalau rhosod neu eirin moch a brandi yn gyffyrddiad ychwanegol o arbennig efo pwdin Nadolig Nain.

Mewn gwirionedd, y Nadolig rydw i'n ei gofio fwyaf ydi'r un pan gafodd Mam saib. Ar y bore Nadolig hwnnw, doedd dim trydan yn y tŷ. Allech chi ddadlau fod hynny'n golygu fod popeth wedi mynd o'i le. Ond roedd Rayburn ganddon ni, pecyn o *tortellini*, canhwyllau erbyn tua phedwar o'r gloch, a digon o siocled. Hudolus, felly, oedd y diwrnod heb lawer o gysylltiad i draddodiad. Creu atgofion yw'r Nadolig, a'r anrheg fwyaf yw amser.

SIÂN MELANGELL DAFYDD

Mae yna rywbeth hudolus am y Nadolig hefyd – a hynny yw galluogi rhywun i wledda, ond eto'n gallu darganfod lle am damaid bach i'w fwyta gyda'r hwyrnos. Un o'r pethau y bydda i wedi'i baratoi yn ystod y flwyddyn a'i gadw ar silff o jariau sy'n debycach i ffenestr liw o'r cynhwysion yw catwad eirin moch (ffrwyth y ddraenen wen, sef *hawthorn*, yw eirin moch). Mewn Gwyddeleg yr enw ar eirin yw *àirne,* a hynny'n rhoi enw i lefydd fel Killarney (eglwys yr eirin, felly), ffrwyth wedi ei ddyrchafu i statws. Mi fydda i'n gwenu wrth feddwl am y berl fach bitw â blas mwyn (rhywbeth tebyg i afal weithiau, afocado dro arall, ond nid â blas arbennig ar ei phen ei hun), sydd eto mor bwysig i gymdeithas. Di-nod efallai, ond nid di-bwys. Mae'r eirin tagu (*sloes*) yn siŵr o oresgyn hyd yn oed y cynhaeaf anoddaf. Mae hwn yn ffrwyth ffyddlon. Dyma un o flasau'r ŵyl i mi. Yn y tawelwch ar ddiwedd y dydd, efo pryd syml ar soser ddel – caws a chracer a chatwad – ac ychydig o gnau'r flwyddyn hefyd. A dyna ni.

craf y geifr – *wild garlic*
suran y cŵn – *sheep's sorrel*
efwr – *hogweed*
blawd eincorn – *einkorn flour* (blawd cyflawn wedi'i wneud o rawn hynafol)
egroes – *rosehip berries*
ysgawen – *elderberries*
llau'r offeiriad – *cleavers*
eirin moch – *hawthorn berries*
eirin tagu – *sloes*

SIÂN MELANGELL DAFYDD

CATWAD EIRIN MOCH

Mae coginio gyda bwyd gwyllt yn wahanol iawn i goginio efo bwyd siop. Does dim mesuriadau safonol. Rhaid darllen y flwyddyn a newid y mesuriadau eraill i gyd-fynd. Mater o amser, gwneud camgymeriadau, a sylwi'n well ar y byd o'n cwmpas. Weithiau, ambell flwyddyn, gall yr eirin moch (*hawthorn*) fod yn dew (mor dew ag y gall peth pitw fod – roeddent mor fawr â cheirios ar ambell goeden yn 2023) neu weithiau'n sych a chaled. O ystyried fod cerrig sgwâr go sylweddol mewn eirin moch, does dim llawer o le i gnawd. Yn ôl y flwyddyn, mae'r mesuriad o finegr sy'n cael ei amsugno gan y ffrwyth yn wahanol. Nid y rysáit ddylech chi ei dilyn ond yn hytrach eich coed lleol o flwyddyn i flwyddyn.

Cynhwysion

500g eirin moch ffres
½ llwy de o halen
250ml finegr seidr
65g rhesins
150g siwgwr brown
½ llwy de o sinsir wedi'i falu
½ llwy de o nytmeg
¼ llwy de o glof
¼ llwy de o *allspice*
Peth pupur wedi'i falu

Dull

Dewiswch eirin aeddfed. Gadewch y rhai sy'n frown neu'n frith i'r adar.

Tynnwch y coesyn o'r ffrwyth. Golchwch nhw a'u rhoi mewn sosban gyda'r finegr a'r halen.

Dewch â'r cwbl i ferw, gostwng y tymheredd a'i fudferwi'n ysgafn gyda'r caead ymlaen am awr. Dylai'r lliw o'r eirin nawr fod yn yr hylif.

Arllwyswch y cyfan i ridyll mewn ail sosban, gan gasglu'r hylif yno. Gyda chefn llwy, rhwbiwch y cymysgedd drwy'r rhidyll. Bydd y cnawd sydd wedi ei goginio yn llacio o'r cerrig ac yn cael ei wthio'n raddol i'r ail sosban. Nid job gyflym yw hon. Crafwch ochr isaf y rhidyll i gasglu bob diferyn, a byddwch yn ofalus iawn i wneud yn siŵr nad oes un o'r cerrig yn disgyn i'r cymysgedd. Dylai'r hylif hwn nawr fod yn drwchus, gludiog a choch, ac yn mesur oddeutu 125ml.

Nawr, ychwanegwch y siwgwr, rhesins, sbeisys a phupur. Yn raddol, cynheswch y cymysgedd yn araf nes ei fod yn berwi eto, gan ei droi yr holl amser. Gostyngwch y gwres a'i goginio heb gaead am tua 10–15 munud nes ei fod wedi tewhau'n dda.

Arllwyswch y cymysgedd i jariau glân tra'i fod yn boeth (â gofal). Gosodwch bapur gwrthsaim ar yr arwyneb ac aros iddo oeri, cyn rhoi caead ar y jariau.

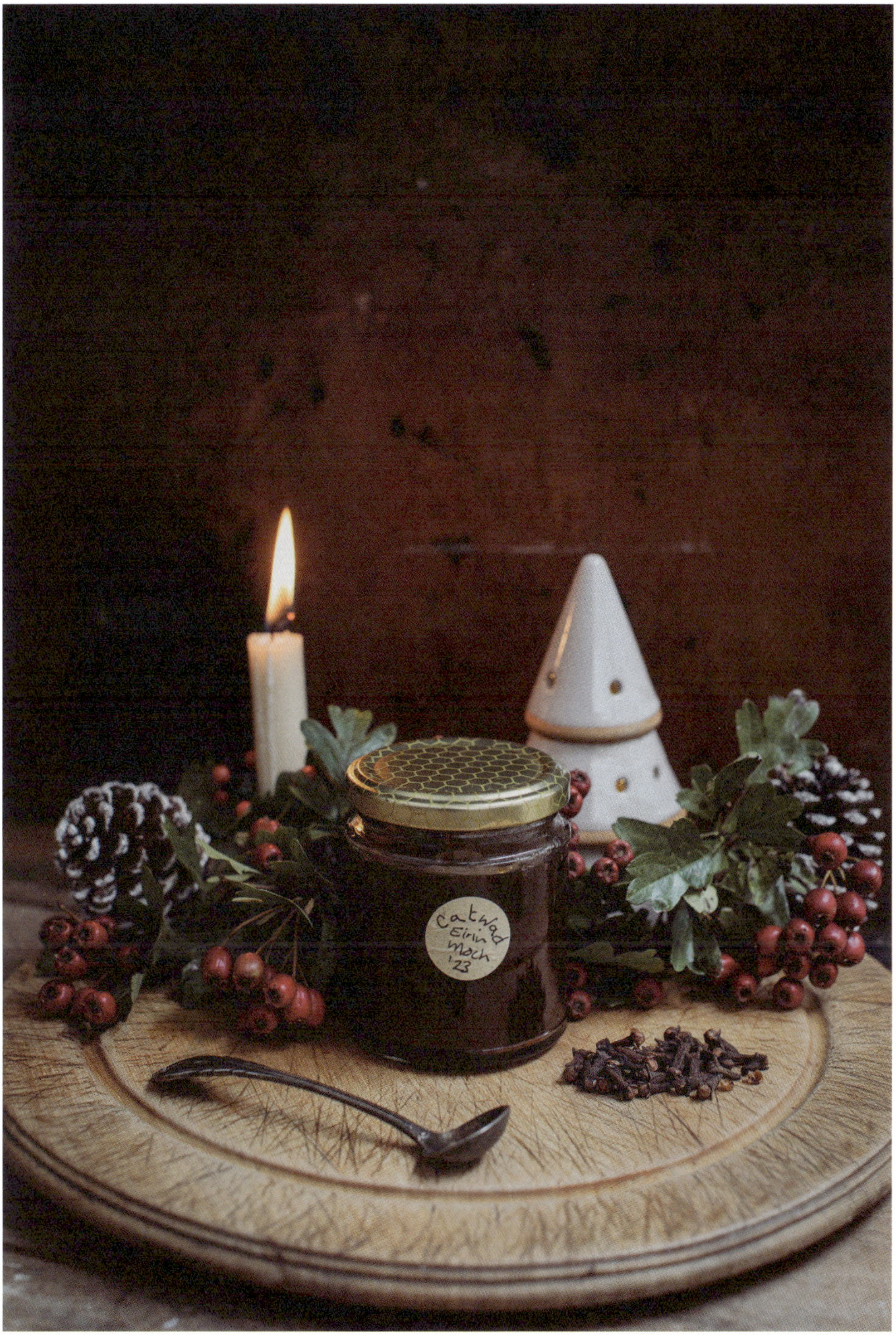
Catwad
Eirin
Moch
'23

2

MENNA MACHRETH

CHWILIO AM DANGNEFEDD

'Dach chi wedi gweld angel erioed, Menna?' gofynna Alys fach. Mae'n ddiwedd ymarfer sioe Dolig y capel.

'Na, wel, dydw i ddim yn siŵr, falle fy mod i,' atebaf. Roedden ni wedi bod yn ymarfer golygfa Mair a'r angel Gabriel tua naw gwaith, rhywbeth oedd wedi tynnu'r awydd i gwrdd ag angel ohona i. 'Roedd fy Mam-gu yn dweud ei bod wedi gweld angel, sawl gwaith. Dim pawb sy'n cael gweld un, falle.'

'Ond DYCHMYGA weld angel,' medd Alys gan agor ei llygaid led y pen. 'Petawn i'n Mair, faswn i wedi rhedeg i ffwrdd a sgrechian fel hyn,' medd hi, cyn dangos yn union beth fyddai ei hymateb.

'Reit, blant. Pawb i ddod â'u gwisgoedd 'nôl i'r fasged, plis. Seryddion – cofiwch ddod â'ch siacedi smart i'r ymarfer nesaf.' Roedd ganddon ni chwe seryddydd eleni, achos does dim sôn yn y Beibl am nifer y bobl ddaeth o'r dwyrain, dim ond y tair anrheg.

Stwffiodd y plant eu gwisgoedd i'r fasged, ac rwy'n ochneidio wrth feddwl am y gwaith sortio ddylwn i ei wneud nawr, ond rwy'n ysu i fynd adref. Basged llawn nostalgia o'r ddefod flynyddol o gyflwyno'r stori anghyffredin mewn ffordd sydd mor gyfarwydd. Ffrog Mair gafodd ei gwnïo o ddefnydd sidan ffrog forwyn briodas fy mam, penwisgoedd bugeiliaid â'r geiriau 'Caldey Island' arnynt wedi eu gwneud o lieiniau sychu llestri a brynwyd ar drip ysgol Sul.

'Menna ...' Mae llais Alys yn fwy myfyriol y tro hwn. 'Beth petai Mair wedi dweud "Na"? Ei bod hi ddim isio babi, bod hi ddim isio bod yn fam i Fab Duw ...'

Dydw i ddim wir mewn hwyliau i ateb mwy o gwestiynau. Roeddwn i wedi cael hen ddigon am un noson, ar ben diwrnod hir o waith, ac yna rhestrau o bethau i'w gwneud ar ôl mynd adref. Roeddwn i'n hen barod i gael 'bach o heddwch yr ŵyl i mi fy hun.

'Wel, ti'n iawn, gallai hi fod wedi dweud hynny, ond roedden nhw wedi bod yn disgwyl i Dduw anfon rhywun arbennig ers amser, rhywun fyddai'n dod â heddwch a rhyddid i bobl, i wneud pethau'n iawn eto, dyna pam bod yr angel yn dweud mai ystyr enw Emaniwel yw "Duw gyda ni".'

MENNA MACHRETH

Rwy'n oedi, yn llwyr ymwybodol fod yr ateb yn swnio'n anghyflawn a rhyfedd, yn rhy niwlog i blentyn; yn rhy enfawr i oedolyn amgyffred hyd yn oed. Yng nghanol yr ŵyl ddomestig, hudolus, wedi ei gorchuddio â siwgwr a sinamon, mae'r stori a geir yn efengyl Mathew a Luc yn un anghysurus. Doedd neb yn ysgrifennu am bobl fel y rhain – yn enwedig merched wedi eu dal mewn sgandal – neb yn ysgrifennu am drefi bach marwaidd fel Bethlehem ar gyrion ymerodraeth ormesol.

Mae penodolrwydd y stori fel fforch trwy hanes. Ar ôl geni Iesu, bu lladdfa o fabanod gan frenin oedd yn poeni am ei safle, ac felly mae'r teulu'n ffoi ac yn geiswyr lloches mewn gwlad arall.

Mae Alys yn gwgu gyda rhwystredigaeth wrth iddi grychu ei thrwyn. 'Dwi'n meddwl 'sa'n dda 'sa hynna'n digwydd eto, ma isio mwy o heddwch, yn does?' cyn sgipio i ffwrdd at ei rhieni sydd wedi dod i'w chasglu.

Roedd hi'n iawn mewn ffordd. Unwaith i mi gyrraedd adref mewn ychydig funudau, byddwn yn cynnau'r teledu a gweld lluniau o blant a'u cyrff toredig, neu bobl yn dadlau pwy ddylai gael dod i mewn i'r wlad, neu'r ddaear yn ysgwyd ac achosi dinistr. Yna, bydda i'n newid y sianel i'r plant wylio cartŵns tra 'mod i'n gwneud swper.

MENNA MACHRETH

Mae cyfnod yr Adfent yn fy ngalw i 'nôl at rythm y calendr eglwysig, ac rwy'n ymgartrefu yn yr hen, hen destun. Darllenaf ac oedi uwchben y pethau anghyffredin yn y stori. Mae'r hiraeth sydd yng nghân Mair yn llosgi yn fy nghalon innau, y gobaith am gyfiawnder yn cicio yn ei chroth hi ac yn warant fod rhyddid ar ddod. Rwy'n gadael i'r geiriau olchi drosof a thoddi'r mannau caled cyn fy arwain ar hyd llwybrau i ddatguddiad newydd, llawenydd tawel, a'r gair rhyfeddol hwnnw: tangnefedd. Y gair sy'n datgan fod cymod yn bosib – rhwng Duw a phobl, a phobl a'i gilydd, hyd yn oed yng nghanol brwydrau mewnol a grymoedd sy'n mynnu tynnu'n groes. Er y prysurdeb, daw'r Adfent i'm tynnu'n ôl er mwyn gwreiddio fy hun mewn tangnefedd.

'Reit, amser mynd adref,' rwy'n dweud wrth fy mhlant. Mae'r goleuadau bach ar y stryd yn llenwi eu llygaid ar y daith adref, yn torri ar draws llethdod y gaeaf, yn union fel mae perfformiad bach y plant o'r hen, hen stori yn cyhoeddi bod ffordd arall o wneud pethau a syniadau'r byd yn cael eu troi ben i waered.

Ar ôl cyrraedd adref, rwy'n osgoi cynnau'r sgrin. Rwy'n estyn am ddatys, a dangos i'r plant y danteithion Nadolig byddwn i'n eu gwneud yn blant. Rwy'n rowlio peli o farsipán, eu gosod mewn datysen a gwasgu cneuen ar eu pennau. Gadawaf i'r plant wneud eu fersiynau eu hunain a mwynhau eu campweithiau bach, a chael blas o'r newydd ar y melysion cyfarwydd.

3

CARYS ELERI

GAEAFU

O! Nadolig! Rwy wastad wedi bod wrth fy modd gyda'r adeg hon o'r flwyddyn. Y closio, y cloncan, y canu, y coctels. Rhyw dair blynedd yn ôl, fe benderfynes i beidio â chymryd gyment o waith o amgylch y cyfnod, er mwyn mwynhau yr holl joio, dala lan 'da phobl yn iawn a chymryd yr amser hudolus yma i arafu, pan fydden i, flwyddyn ar ôl blwyddyn, wedi bod yn cymryd gyment o bethe mlan – yn gorweithio fel hamster ar gocên yn rhedeg am ei fywyd mewn olwyn yn mynd i unman. Erbyn diwrnod Nadolig bydden i'n fflat ar 'y nghefen yn shwps gydag annwyd ac yn gweud, 'Fflipin 'ec – 'co ni 'to!'

Ac wedyn daeth 2023 gyda'i gwers anferthol i fi ddysgu beth yw gwir ystyr 'gaeafu', arafu a chymryd stoc yn yr un ffordd ag y mae holl fyd natur yn ei wneud.

Ar ddiwrnod San Steffan 2022, ro'n i wedi gwisgo lan yn barod i barhau â dathliadau'r ŵyl gyda mêts ffabiwlys a ryseitiau coctels yng nghefn y car (wrth gwrs). Wrth mi yrru'n braf ar hyd hewl eitha syth yn gwrando ar gerddoriaeth, yn crŵsio heibio gorsaf betrol, 'nath gyrrwr car oedd ar y lôn arall arafu er mwyn croesi'r hewl i fynd at yr orsaf. 'Nath y gyrrwr ddim fy ngweld i yn teithio i'r cyfeiriad arall, ac fe groesodd hi reit o 'mlan i tra o'n i'n gwibio ar hyd yr hewl ar gyflymdra o 60 milltir yr awr. Ro'dd ein ceir ni'n *write-offs* llwyr, a'r ddwy ohonon ni'n meddwl ei bod hi'n *game over* pan ddigwyddodd y gwrthdrawiad. Diwedd pob dim. Trwy ryfedd wyrth, roeddem ni'n dwy yn dal i fod mewn un pishyn, neb yn gwaedu, ond mewn poen a sioc anferthol. Blwyddyn newydd dda i ni!

Gydag amser, fe ddatgelodd fy nghorff fod yna niwed dyfnach. Ro'n i wedi amsugno cymaint o rym yr ergyd, ro'dd rhaid ailosod neu ail-alinio fy esgyrn a derbyn lot fawr o ffisiotherapi am y flwyddyn gyfan oedd i ddod. Y peth do'dd neb wedi gweud wrtha i am ddamweiniau mawrion fel hyn oedd beth fyddai sgileffaith ergyd mor fawr ar y meddwl, ac y gallai ailgodi neu ddadwreiddio bob un trawma a ddioddefoch chi erioed yn eich bywyd. Wel … am *swizz*!

Rhyw fis cyn y ddamwain ro'n i wedi cytuno i ymuno â chast *Pobol y Cwm* am flwyddyn gyfan, ac rwy'n diolch i'r nefoedd 'mod i wedi gwneud hynny ar sawl lefel. Ro'dd bod ymysg tîm o bobl oedd yn fy nghefnogi'n emosiynol yn beth gwerthfawr iawn, ac ro'n i mor ddiolchgar 'mod i'n medru cario mlan i weithio ac ennill crwstyn o dan yr amgylchiadau. Ro'dd hi wir yn fater o un dydd ar y tro. Ges i therapydd am y tro cyntaf, ac fel sawl person, feddylies i'n syth, 'Pam yffarn bo' fi heb neud hyn ynghynt?' Ro'n i wrth 'y modd gyda'r profiad. Ro'dd fy therapydd yn mynegi rhai pethe mewn ffordd mor anhygoel, nes buodd yn rhaid i fi ofyn wrthi, 'Have you ever thought of a career change and becoming a poet?'

Fe helpodd hi fi i ailadeiladu'r hyder ro'n i wedi'i golli, ac i reoli'r teimladau anferthol ro'n i'n eu profi. Erbyn yr haf, ro'dd y boen o dan damed bach mwy o reolaeth, ond ro'n i'n dueddol o dynnu mwy o gyhyrau achos 'mod i wedi bod yn segur mor hir. Ac ro'dd *swizz*rwydd y sefyllfa 'ma'n parhau i fod yn ddiddiwedd.

Yna droies i at ffrind sy'n ddawnswraig broffesiynol o'dd wedi hen arfer ag anafiadau. Fe ofynnes iddi beth fydde'r ffordd orau i ailadeiladu cryfder y corff pan mae rhywun mewn poen ac yn poeni eu bod nhw am wneud mwy o niwed i'w hunan. Ei hateb oedd, 'Darling, it's pilates, pilates, pilates.' A dyna gychwyn fy siwrne o adennill fy nghryfder. Arglwydd! Am flwyddyn araf!

Ro'dd angen cymaint o amynedd arna i, a finne'n rhywun sy'n joio mynd, mynd, mynd … yn mynd off 'yn ben i withe. Diolch i'r duwie, ro'n i eisoes wedi penderfynu mynychu Ysgol Derwyddon Paganaidd Kristoffer Hughes ar Ynys Môn yn ystod 2023. Felly yng nghanol yr holl boen a'r gorbryder, daeth cymuned hardd iawn yn rhan o 'mywyd i, gyda llond côl o heddwch a chariad a doethineb. Ac er 'mod i wastad wedi bod yn berson o'dd yn talu sylw i fyd natur, fe arweiniodd hynny fi ymhellach mewn i'r holl beth, gan wreiddio fy nealltwriaeth yn ddyfnach, ac arafu fy hunan i allu mwynhau'r presennol, waeth pa mor boenus o'dd y teimlad.

Yna, fe ddaeth gaeaf a Nadolig arall … blwyddyn gwmws wedi'r ddamwain. Ac, o! Wel, mae'r corff yn dal gafael ar y cof am bethe. Trwy gydol mis Rhagfyr, ro'dd 'y nghorff yn pallu'n deg â gadael i fi yrru 'nghar. Ro'dd y teimlad yn un pwerus iawn, iawn; yn un gwarchodol. Do'dd dim dewis ond ildio a derbyn y sefyllfa, penderfynu y bydden i'n taclo'r pryder gyrru yn y flwyddyn newydd, a chofleidio'r busnes 'ma o aeafu yn llwyr am y tro.

Tu allan i ffenest 'yn lownj i, yn yr ardd, mae coed afalau 'nath 'y niweddar dad blannu ddegawdau yn ôl. Mae'r afalau'n rhai melys iawn, yn binc tu fewn a thu allan – rwy wedi dechre'u galw nhw'n The Tumble Ladies. Yn yr haf maen nhw'n goed mor ffrwythlon, ac rwy wedi dysgu gwers fawr i beidio â thorri eu brigau 'nôl tan y gaeaf, nes bod y coed wedi mynd i gysgu'n iawn. Os y'ch chi'n eu torri nhw'n gynt, maen nhw'n dechre blodeuo ac mae'r afalau'n dod 'nôl eto'n syth, felly maen nhw'n gweithio'n galed heb frêc, fel yr hen hamster bach 'na o'dd off ei ben ar ei olwyn. A phan mae hynny'n digwydd, deith dim afalau yr haf canlynol. Mae coeden yn gorfod gorffwys er mwyn gallu blodeuo a rhoi ffrwyth yn yr amser sy'n iawn iddi hi – jyst fel ni.

Ar yr 21ain o Ragfyr – heuldro'r gaeaf, diwrnod byrra'r flwyddyn – fe benderfynes i gynnal noson garolau yn y tŷ. 'Nes i wahodd pobl draw i ganu, gwledda a joio'r ŵyl, a dathlu'r diwrnod hynod hwn pan mae'r dyddiau'n dechrau ymestyn ac ry'n ni'n dechrau gweld mwy o olau yn ein bywydau. Felly, gyda Mami – a.k.a. 'Meryl-as-in-Streep', a.k.a. gwir seren y Nadolig – ar y piano, ro'dd hi mor hyfryd cael criw o ffrindie agos draw, a finne ddim yn gorfod gyrru i unman.

A chan 'mod i wrth fy modd gydag afalau, afal poeth sbeislyd oedd y prif dipl i bawb y noson honno. Fersiwn gyda sblash bach o rym sbeislyd ynddo i'r rhai nad oedd yn gyrru. Mae'r un dialcohol yn gwtsh mawr i'r enaid, ac mae rhoi twtsh bach o rym Barti ynddo fe yn ei godi i ryw fan blasus arall yn llwyr. Achos taw dim ond un diod ry'ch chi'n neud rili – mae e'n lot llai o hasl ... *two for one*, cariad!

Felly, yfwch, mwynhewch, gaeafwch!

CARYS ELERI

AFAL POETH SBEISLYD

Cynhwysion

1 litr sudd afal
2 oren
4 ffon sinamon
12 clof
Ychydig o nytmeg (mae faint fyny i chi)
Ychydig o fêl (mae faint fyny i chi)
4 pod o gardamom

Dull

Llenwch sosban neu gogydd araf gyda sudd afal (sudd ffres sydd orau). Hanerwch un o'r orenau a gwasgu'r sudd hwnnw i'r sosban hefyd. Ychwanegwch y darnau sinamon a 2 pod cardamom.

Gwasgwch y 12 clof mewn i groen yr oren arall yna'i osod yn y sudd gydag ychydig o fêl. Cynheswch y cyfan hyd nes ei fod yn boeth, ond nid yn berwi.

Arllwyswch y cymysgedd i fygiau yna ychwanegu ychydig o nytmeg ar ben pob mygiad, a siot fach o rym Barti ar ei ben i'r rhai sydd ddim yn gyrru.

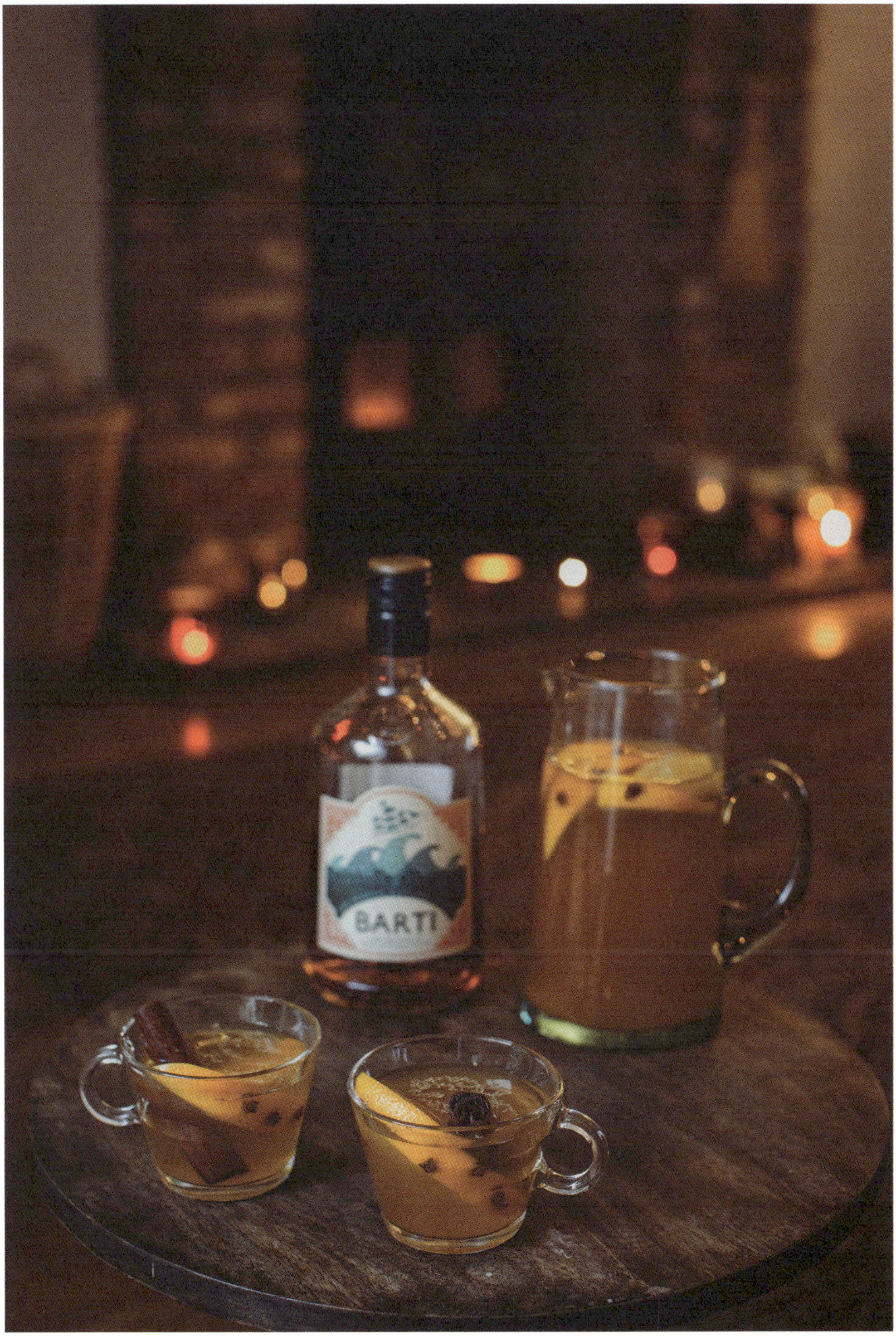
BARTI

4

ADAM JONES

PLANNU'R NADOLIG

Y gaeaf yw'r tymor gorau i mi, am fy mod yn arddwr, heb os nac oni bai. Gallaf glywed pobl yn tynnu anadl siarp bob tro wrth glywed hyn, neu rwy'n gadael cynulleidfa'n gegrwth pan fydda i'n crwydro ar hyd a lled y wlad yn cynnal sgyrsiau am arddio.

Mae prysurdeb y tymor tyfu weithiau'n llethu'r garddwr, yn amsugno bob eiliad a'r holl egni o'r diwrnod, ac er bod y ffrwydrad hwnnw o wyrddni gwyrddach na gwyrdd mis Mai yn cwnnu'r galon, yn y gaeaf yn aml fydd y gwaith garddio go iawn yn digwydd, a'r cyfan i gyd, yn fy achos i, yn arwain at binacl mawr y calendr, y *grand-daddy* fel petai, sef y Nadolig.

Bellach, cyfnod chwerwfelys yw'r Nadolig ers i mi golli fy arwr a fy ffrind gorau, Tad-cu. Ond rwy'n cofio Nadoligau bore oes fel cyfnodau o gyffro mawr, teulu o gwmpas ford y gegin. Ymgasglai deunaw o wyrion ac wyresau yn nhŷ Nanny a Tad-cu. Bydde Tad-cu a finne yn plicio'r tato newydd a dyfwyd yn ystod yr hydref (os oedden ni'n lwcus a'u bod nhw wedi goroesi'r malltod), a pharatoi'r moron, pannas, swêds, sbrowts (fydden ni byth yn cyfeirio atyn nhw fel ysgewyll) nes bydde Tad-cu ddim yn gwybod ble i droi! Yn olaf, fydden ni'n torri winwns i'r stwffin. Dyna oedd cyfnod hapus, cynnes a llawn.

Ond nid dathliad undydd yn unig oedd y Nadolig. Roedd paratoadau'r Nadolig yn cychwyn go iawn yn syth wedi iddo ddod i ben ar ddiwedd mis Rhagfyr a chychwyn mis Ionawr, pan fyddwn ni'n mynd ati dan fwriad pendant i gynllunio'r ardd lysiau a meddwl o ddifri shwt siâp fydd ar y cinio Nadolig y flwyddyn nesaf. Ie, archebu hadau, creu brasgynllun o'r gwlâu tyfu, a phwyso a mesur llwyddiant y tymor a fu, shwt flas fuodd ar y bresych coch a shwt rai oedd y pannas.

Hau'r pannas a'r bresych coch fyddai'r peth cyntaf ym mis Mawrth, a buan wedi hynny, y swêds a'r moron, a'r cyfan, wrth gwrs, wrth feddwl am y Nadolig nesaf a'r gobaith hwnnw o gael dathlu unwaith eto yng nghwmni'r bobl bwysicaf.

Cefais fagwraeth hyfryd yng Nglanaman, cymuned glòs o bobl agosatoch, pobl heb lawer o gyfoeth materol, ond ymhlith y cyfoethoca o ran eu cymwynas. Roedd ein stryd fach ni, Maes-y-glyn, yn doreth o liwiau llachar goleuadau Nadolig, a chythraul cystadlu'r cymdogion i weld pwy fentrai greu'r golygfeydd mwyaf hudolus. Byddai Nancy drws nesa â'i gwin ysgawen, a Gerald groes 'rhewl â'i gwrw cartre cryf, Anti Mefus a'i theisen Nadolig … Oedd, roedd 'na lawnder lond y lle. Er mor hyfryd oedd y goleuadau bob un, hyfrytach fyth oedd cael rhannu hynny gyda phawb, a pherthyn i rywle ac i rywbeth mor eithriadol o arbennig.

Ar ôl colli Nanny a Tad-cu a gweld y cwlwm teuluol agos hwnnw'n datod, gwacáu wnaeth y llawnder hwnnw ac mae'n wir dweud i'r Nadolig ddod yn rhywbeth ro'n i'n ei gasáu. Casáu ai peidio, roedd yn amhosib osgoi'r Nadolig, roedd, ac y mae, yno yn hollbresennol drwy'r flwyddyn gron yn yr ardd wrth i hadau'r pannas egino a blagur bach yr ysgewyll ymddangos rhwng y setiau o ddail ym mis Awst.

Pe bawn i'n gorfod dewis triawd o lysiau i dyfu at y Nadolig yna pannas, ysgewyll a bresych coch fyddai'r rheini – y drindod berffaith, mewn ffordd. Does dim i guro melyster y banasen gyntaf ar ôl nosweithiau rhewllyd y gaeaf, na chwaith flas tyner – ac eto'n hyderus benderfynol – yr ysgewyll a'r bresych coch.

O ran eu tyfu, mae'r camau'n debyg iawn hefyd, eu hau ym mis Mawrth, yn syth i'r pridd yn achos y pannas, ac mewn potiau bach ar gyfer yr ysgewyll a'r bresych coch. Teneuo'r pannas unwaith iddynt egino ym mis Ebrill i oddeutu un planhigyn bob rhyw 5cm, ac yna plannu eginblanhigion yr ysgewyll a'r bresych coch yn yr ardd tua'r un adeg, gan adael bwlch o ryw 30cm rhwng pob planhigyn. Dyfrio'n dda yn ystod cyfnodau o dywydd sych, ac yna eu gadael i dyfu yn yr ardd tan y byddwch yn barod i'w cynaeafu ym mis Rhagfyr, cyn y diwrnod mawr ei hun.

Erbyn heddiw, rwyf wedi dod i garu'r Nadolig unwaith eto ers cwrdd â fy ngwraig Sara a chychwyn teulu bach newydd gyda'n merch fach, Anwen. Mae'r hen draddodiadau garddio'n mynd o nerth i nerth ac ambell un newydd wedi cyrraedd hefyd, fel tyfu sinsir yn barod i lenwi'r tŷ llawn aroglau *glühwein*, jyst y peth i gynhesu ar ôl bod yn twrio yn yr ardd am bannas ym mis Rhagfyr.

Fydd y cof am oleuadau Glanaman a gwres y cariad a deimlais yno byth yn pylu, a bydd y Nadolig wastad yn hawlio'i brif le ym mhridd fy ngardd i, ac yn ein gerddi ni i'r dyfodol.

Nadolig Llawen iawn i chi i gyd, a thyfwch bannas!

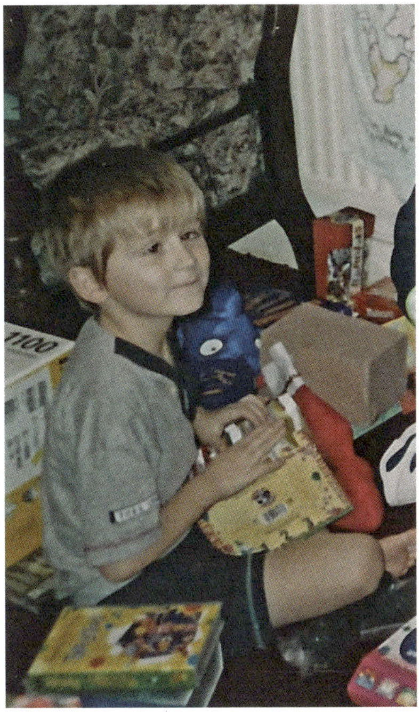

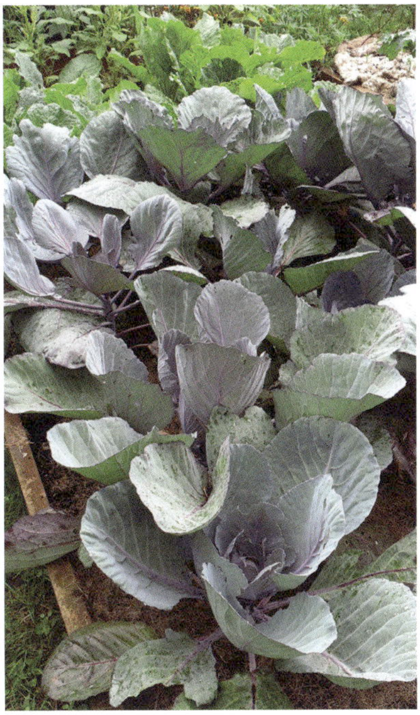

ADAM JONES

PICL BRESYCH COCH

Un o fy hoff ryseitiau i'w pharatoi yn barod ar gyfer y Nadolig ydy'r picl bresych coch, rhywbeth i'w wneud gyda'r hyn sydd wrth law yw hwn ymhell cyn y diwrnod mawr, i'w rewi ac yna ei fwyta pryd fynnwch chi, adeg y Nadolig a thu hwnt.

Cynhwysion

1 fresychen goch wedi'i sleisio
1 llwy fwrdd o fenyn hallt Sir Gâr
½ cwpan o finegr balsamig
½ cwpan o win eirin ysgaw neu win coch
1 llwy fwrdd o fêl neu jam ffrwythau gwyllt: mae eirin Mair (*gooseberries*), cyrens duon, beth bynnag sydd wrth law; mae jam llugaeron (*cranberries*) yn gweithio'n dda
1 winwnsyn (nionyn) mawr
½ llwy de o bupur
½ llwy de o halen
½ llwy de o bowdr sinamon

Dull

Torrwch y bresych coch a'r winwns i stribedi hir a'u mudffrio ar wres isel gyda menyn hallt Sir Gâr mewn ffrimpan neu badell fawr nes bydd y dail yn meddalu digon i'w dorri â llwy bren.

Ychwanegwch y mêl neu'r jam a'i adael i doddi drwy'r dail, ac yna boddi'r cyfan yn y gwin a joch o finegr balsamig a phinsied o bupur a sinamon yn ôl chwaeth personol.

Dewch â'r cymysgedd i'r berw, gosod y caead arno, gostwng y gwres a'i goginio am ryw 1½ awr gan gymysgu'r cyfan bob nawr ac yn y man. Tynnwch y caead a pharhau i goginio am oddeutu hanner awr hyd nes bod y cwbl wedi digoni.

Os ydych chi'n paratoi'r bresych o flaen llaw ac am ei roi yn y rhewgell, rhowch y cyfan mewn blwch neu fag y gellid ei rewi i'w gadw at y Nadolig.

Os ydych chi'n rhewi'ch bresych, cofiwch roi digon o amser iddo ddadlaith cyn eich pryd ar ddydd Nadolig. Pan ddaw hi'n amser, rhowch y cymysgedd yn y ffwrn mewn pot addas a'i goginio ar wres uchel am ryw 20 munud, yna bydd yn barod i'w weini.

Gellid hefyd ei ddadlaith a'i fwyta'n oer gyda chymysgedd o gigoedd oer gwahanol ar ddydd San Steffan.

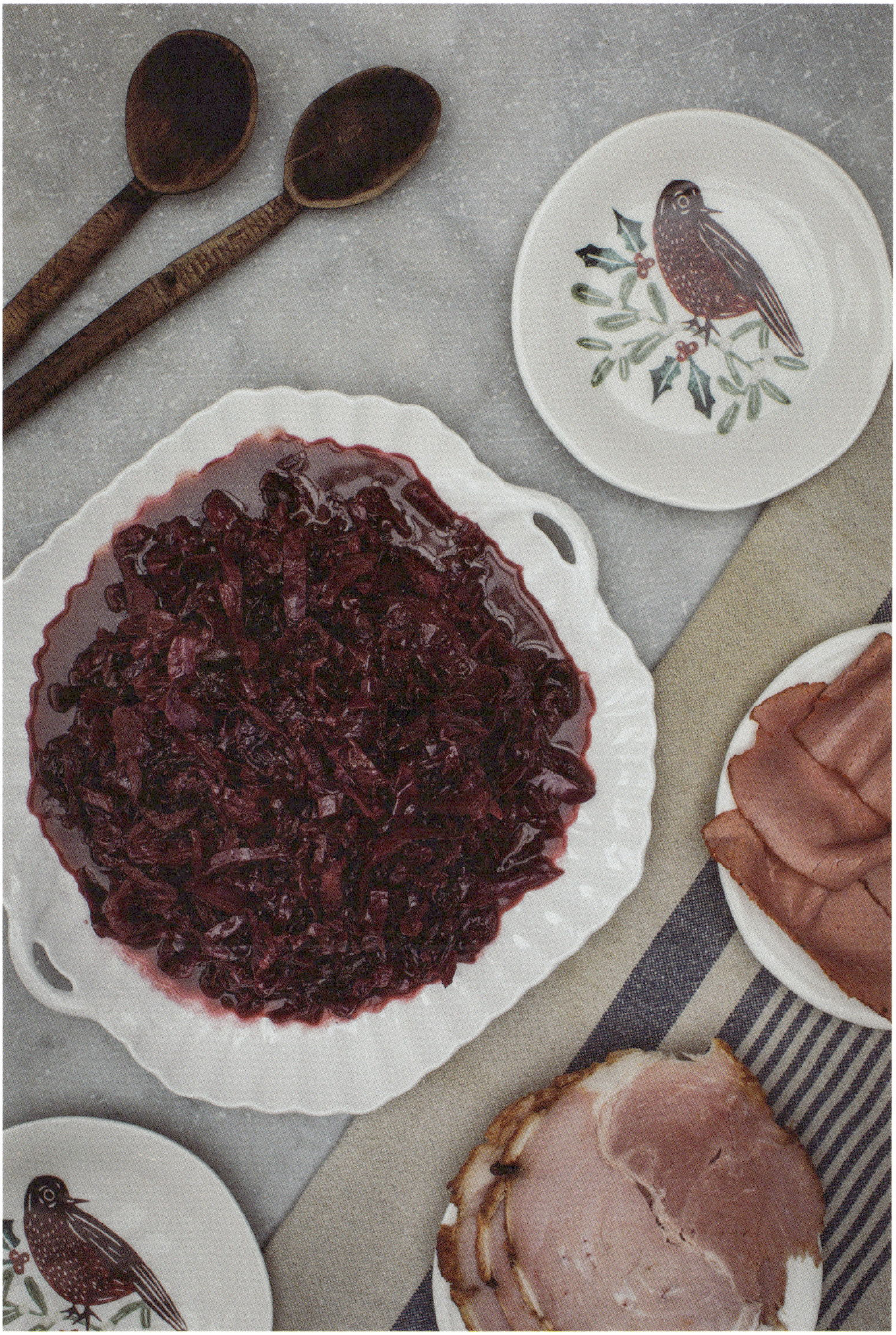

5

GARETH POTTER

ANGYLES SHABI A SANTA

Ro'n i'n anrheg Nadolig hwyr.

Ar ôl blynyddoedd o drio, a cholli dau fabi drwy gamesgor, fe droies i lan fel gwyrth fach ddiog tua amser cinio ar ddydd San Steffan 1964. Roedd fy rhieni'n byw yn Nottingham ar y pryd, ac fe gafwyd Nadolig gwyn. Roedd Dad yn hwyr yn cyrraedd yr ysbyty oherwydd y tywydd mawr. Roedd yr ysbyty ar ben bryn reit serth, a char fy nhad yn gwrthod dringo'r bryn oedd wedi troi'n llethr sgio reit effeithiol erbyn hynny. Ond wedi iddo yntau gyrraedd, ac i fi gyrraedd hefyd, mawr oedd y dathlu.

Gwnaed cynlluniau i symud 'nôl i Gymru. O fewn cwpl o fisoedd, roedd gan Dad swydd mewn siop yng Nghaerdydd a'r teulu'n byw mewn stafell yn nhŷ Anti May yng Nghaerffili. Erbyn Nadolig 1965 roedd gennym ni dŷ ein hunain wedi'i addurno'n barchus iawn, cystal ag unrhyw ogof Siôn Corn o safon: goleuadau twincli, tinsel, celyn, cadwynau papur, ac wrth gwrs, y goeden Nadolig ore erioed.

Edrychai fy nhad-cu, Arthur, fel y math o ddyn fydde'n hynod annhebygol o ddod â'r hwyliau Nadoligaidd i'r tŷ. Dydw i byth yn ei gofio'n actiwali gwenu erioed, ac roedd sigarét Embassy Regal yn barhaol glwm wrth ei geg. Ond roedd Arthur yn digwydd gweithio fel peiriannydd mewn ffatri addurniadau Nadolig yn y Rhondda, a phob blwyddyn bydde fe'n dod â blwch newydd o bethe plastig lliwgar a goleuadau er mwyn dod â hwyliau'r ŵyl i'n cartref bach clyd.

Erbyn 1967, ymunodd Huw, fy mrawd bach, gyda ni, ac o fewn ychydig flynyddoedd, ro'n i wedi dechre mwynhau derbyn anrhegion ar ddau ddiwrnod yn olynol oherwydd fy mhen-blwydd tymhorol. Dwi'n cofio cael fy ngwawdio gan Huw gwpl o weithiau, a hyd yn oed cael cynnig gan Mam a Dad i ddathlu 'mhen-blwydd yng nghanol y flwyddyn. Ond a bod yn onest, roedd cael pen-blwydd ar adeg mor sbesial yn neud i *fi* deimlo'n reit sbesial fy hun.

Er bod gennym ni gyflenwad diddiwedd o addurniadau, roedd yr angyles a eisteddai ar ben y goeden yn elfen gyson bob blwyddyn. Yr un cerflun plastig fydde'n gwylio dros ein Nadoligau ers y saithdegau cynnar. Un wen gyda gwisg las ac eurgylch aur uwch ei phen. Mi fydde hi'n dod mas o'r blwch a chael ei gosod yn ddefodol ddifrifol ar gopa'r goeden. Bob blwyddyn, bydde ei gwisg yn colli chydig bach o'i lliw, neu bydde hi'n ennill *chip* neu ddau newydd ar yr adenydd. Ond i ni, roedd yr angyles yn werthfawr, yn rhyw fath o dotem teuluol amhrisiadwy.

Erbyn dechre'r mileniwm newydd, a finne nawr yn fy nhridegau, ro'n i wedi adeiladu gyrfa actio reit lwyddiannus, gyda gwaith teledu, radio a theatr yn dod mewn yn lled reolaidd. Do'n i ddim yn ennill ffortiwn, ond roedd cael teithio Cymru, Iwerddon, yr Alban ac Ewrop yn siwtio fi i'r dim. Roedd y ffordd deithiol hon o fyw yn cyffroi fy sipsi mewnol, aflonydd. Ond un flwyddyn ar ddechre'r 'dim-dimau', ro'n i'n wynebu tymor y Nadolig yn ddi-waith; sefyllfa arswydus i unrhyw actor. Efallai y gallen i gael job 'da Swyddfa'r Post yn dosbarthu cardiau tymhorol neu weithio mewn siop fel Howells neu David Morgan er mwyn ariannu fy hwyl (a thalu rhent) yn ystod yr ŵyl.

Yna daeth ffrind ata i gyda chynnig oedd am newid fy mywyd am byth. Roedd e wedi derbyn rhan mewn pantomeim yn Aberdaugleddau, er ei fod eisoes wedi cytuno i fod yn Siôn Corn yn siop Debenhams yng Nghaerdydd. Tybed faswn i'n hapus iddo gynnig fy enw i fel ei *replacement*?

Wel, roedd y cyflog yn well na'r cyflog fydden i'n ei gael yn gweithio tu ôl i gownter ...

I ddechre, do'n i ddim yn siŵr. Gwisgo i fyny fel hen ddyn oedd yn addo llwgrwobrwyon i blant bach cynhyrfus? Oeddwn i am fod yn rhan o ryw gynllwyn gan rieni'r byd i gadw'u plant rhag camfihafio?

Ond wedi dweud hynny, does dim byd yn dweud 'actor mas o waith' cystal â chwarae rhan Santa yn un o siopau mawr y dre ...

Wrth gwrs, yn raddol, wrth i mi setlo mewn i'r profiad, dechreues i dreiddio i hud a hwyl y rôl. Dechreues i ddarganfod manteision: doedd dim rhaid i fi fod yn Northampton neu Darlington neu'r Wyddgrug mewn digs am wythnosau ar eu hyd. Ac ro'n i'n cael bod adre erbyn amser swper bob nos. Hefyd ... *staff discount* ar gyfer anrhegion. Ho! Ho! Ho!

Dysges i'r grefft dyner o fflyrtio gyda neiniau, o ennill brodyr hŷn ac anghredinwyr i fy achos i, ac o chwarae'r gêm o dawelu babanod ofnus gaiff eu gwthio i wyneb barfog Sant Nic er mwyn tynnu llun. Datblyges i sgwrs oedd yn swyno ac yn creu cyswllt gyda fy nghynulleidfa ifanc. Ymhen dim, des i garu ac i barchu'r rôl, sydd heb os, i mi, yn Frenin Llŷr y byd adloniant plant.

Nawr, er nad oes plant gyda fi'n bersonol, dwi wedi dod i ddysgu gymaint am y genhedlaeth iau. Hei – fi yw Siôn Corn, wedi'r cyfan. A dwi'n deall peth neu ddau neu fwy am obeithion a dyheadau plantos adeg y Nadolig.

Anaml iawn fydda i'n gofyn 'Beth wyt ti moyn fel anrheg?' Yn hytrach, dwi'n gofyn am eu cartrefi, am yr addurniadau ac, wrth gwrs, am eu coeden. Oes ganddyn nhw angel neu seren ar ei phen? A pheli hyfryd ar y canghennau? 'Beth yw dy hoff beth am y diwrnod mawr?' Mae'r atebion yn aml yn syfrdanol. 'Cael bod gyda'r teulu.' 'Cael bwyta cinio Nadolig.' 'Ffilmiau ar y teledu.' Ac wrth gwrs, 'Anrhegion.' Anaml iawn byddan nhw'n nodi beth yn union maen nhw moyn i Sioni gludo i lawr y simdde ar eu cyfer. Y peth mwya cyffredin gaiff ei grybwyll yw, 'syrpréis neis'. Y rhieni sydd wedyn yn eu hannog i ddweud pethau fel PlayStation, neu Furby neu Scalextric.

'Sgrifenna lythyr,' yw fy ymateb i bob tro. 'Byddwch yn garedig a gwnewch eich gore glas, adre ac yn yr ysgol, a chawn weld beth fydd yn eich hosan neu o dan y goeden ar fore Nadolig ...'

Mae gan Siôn Corn *vibe* arbennig, ac ar ôl cwpl o flynyddoedd dwi'n meddwl wnes i ymlacio fwyfwy i mewn i'r *vibe* hwnnw. Rhaid bod yn sensitif i anghenion y plentyn. Mae angen gwrando, yn ogystal â dweud 'Ho! Ho! Ho!' Yn aml, maen nhw'n swil neu wedi'u syfrdanu – am eu bod ym mhresenoldeb y dyn mawr, wrth gwrs. Ac yn aml, mae angen gadael iddyn nhw ymdawelu.

Dros y chwarter canrif diwetha dwi wedi dod â fy *vibe* Siôn Corn i gastell Caerdydd, Parc Treftadaeth y Rhondda, gweithfeydd haearn Blaenafon, ysgolion meithrin lleol a chanolfannau siopa, o Gaerfaddon i Fryste i Sheffield. Efallai fod y wisg goch yn newid o le i le, ond mae'r plant yn aros yr un fath: maen nhw i gyd eisiau credu yn yr hud ac yn joio cael 'bach o sylw gan y dyn sy'n gweithio mor galed i sicrhau fod plant da yn cael anrheg ar fore Nadolig.

Dwi wastad wedi dwlu ar y Nadolig. Erbyn hyn, dwi'n sylweddoli cymaint o fraint yw gwisgo'r wisg goch. Fel arfer, dwi'n cychwyn tua chanol mis Tachwedd ac yn mynd reit trwodd tan noswyl Nadolig. Wrth i mi dynnu'r farf am y tro olaf a phacio'r wisg i ffwrdd, nid sled a dwsin o geirw sy'n fy nisgwyl i 'nhywys adre drwy'r awyr, ond Toyota Yaris glas. Wedyn mae fy Nadolig i'n cychwyn go iawn, gyda'n swper traddodiadol o frisged cig eidion wedi'i goginio mewn gwin, cyn cludo ein anrhegion draw at y teulu estynedig fore trannoeth ...

A'r angyles fach shabi? Mae hi dal o gwmpas yn goruchwylio'r llawenydd o gopa'r goeden yng nghartre fy mrawd a'i deulu wrth i ni ymuno gyda nhw ar gyfer y wledd fawr ar ddiwrnod Nadolig.

6

NICI BEECH
AC ALUN COB

NADOLIG YM MHEN CERRIG: TAITH O GANOL HAF I GANOL GAEAF

NICI: Mae gwyliau'r Nadolig yn gyfnod perffaith i dreulio mwy o amser nag arfer yn y gegin, ac yn y dyddiau cyntaf dwi'n mwynhau creu anrhegion bwytadwy i deulu a ffrindiau. Caf bleser o droi yn ôl at fy llyfr ryseitiau, *Cegin*, a dilyn y cyfarwyddiadau am y *brownies*, bisgedi caws a phicl pinafal sy'n plesio yn ddi-ffael. Bob yn ail flwyddyn mi fyddwn yn mynd at fy rhieni ac yn meddiannu cegin fy mhlentyndod ar noswyl Nadolig i greu rhywbeth pysgodlyd arbennig, fel pei moethus neu *kedgeree*, yna'r flwyddyn ganlynol fe ddo'n nhw aton ni.

ALUN: 'Dan ni wrth ein boddau'n cydgoginio bwydydd arbennig dros y Nadolig, boed hynny'n ddim ond i ni'n dau, neu i deulu a ffrindiau, ac yn cael boddhad o ddod â phawb at ei gilydd dros blatiad sy'n destun trafod, yn ogystal â bod yn bleser gastronomaidd. Wrth i mi fyfyrio ar rai o brydau'r gorffennol ers i ni ddod i fyw i Ben Cerrig, mae sawl nos Galan yn aros yn y cof. Roedd paratoi bwffe i 80 yn 2018 yn her ond yn hwyl, a *biryani* i ddau yn 2020 yn foethus a blasus, cyn cynnal cwis a chodi gwydrau dros Zoom i ddymuno Blwyddyn Newydd Dda i griw o ffrindiau selog.

NICI: Ar ôl cyfnodau clo hir Covid-19, roedden ni'n barod am antur ac wedi dod o hyd i'r esgus perffaith pan gefais i wahoddiad i ŵyl farddoniaeth ym Merlin. Gan fanteisio ar gynnig arbennig Interrail, gwnaethon ni gynllunio taith tair wythnos ar draws Ewrop, gan ymweld â dinasoedd fel Paris, Nuremburg, Prâg a Bremen.

ALUN: Coginio, a bwyta wrth gwrs, ydi un o'n prif ddiddordebau ni, felly ein bwriad oedd profi bwydydd difyr, lleol ar hyd y daith a mentro i roi tro ar bethau gwahanol i'n deiet arferol. Cawson ni *escargots* a chawl nionod ym Mharis, *flammkuchen* – math o bitsa tenau heb domato – yn Strasbourg, selsig yng nghastell Nuremburg, mwy o selsig ym Mhrâg, selsig ar ffurf *currywurst* mewn tafarn draddodiadol ym Merlin, byrger yn Hambwrg, pryd go swanc yn un o ardaloedd hip Amsterdam a *moules frites* a waffls ym Mrwsel.

NICI BEECH AC ALUN COB

NICI: Yn ogystal â phrydau nodweddiadol o'r gwledydd hyn, cawson ni gyfle hefyd i brofi bwydydd o bob rhan o'r byd, diolch i fewnfudwyr rhyngwladol a ymgartrefodd ac a gychwynodd fusnesau yn y dinasoedd ar ein taith. Mae'r *momos* o Tibet yn Strasbourg yn aros yn y cof, y *pho* a'r *burritos* yn Nuremburg, y *bibimbap* Coreaidd ym Mhrâg, a'n cyfle cyntaf i brofi bwyd Eritreaidd ym Merlin, yn agoriad llygad ac yn brofiad braf a blasus tu hwnt. Yn aml ar ôl mwynhau pryd mewn bwyty fe ddaw'r awydd i'w hail-greu adref, ac mae un o brydau mwyaf cofiadwy'r daith wedi dod yn ffefryn erbyn hyn ym Mhen Cerrig, yn enwedig amser Nadolig.

NICI BEECH AC ALUN COB

ALUN: Roedden ni mewn ardal hynafol o ddinas Bremen, ar arfordir gogleddol yr Almaen ac ymysg y bensaernïaeth drawiadol a'r chwedlau difyr am anifeiliaid yn helpu ei gilydd i groesi'r afon, a daethon ni ar draws bwyty traddodiadol yr olwg ar un o'r strydoedd cul hynny ble'r oedd y twristiaid yn hel am selffis. *Labskaus* oedd enw un platiad ar y fwydlen, a dyma ddyfalu mae'n rhaid bod cysylltiad rhywsut rhwng hwn a'n lobsgóws ni. Doedd o ddim yn edrych ddim byd tebyg i lobsgóws, ond tatws a chig a llysiau ydi o yn y bôn. Wrth fwyta'r cyfuniad o gornbîff hallt wedi ei stwnsio'n bwlp gyda thatws a betys melys, nionyn a phicl sur a'i weini gyda phennog wedi'u piclo ac wy hufennog, rhywsut roedd y peth rhyfeddol yma yn gweithio i'r dim ac yn cynnig her newydd i ni ar ôl dychwelyd i Gaernarfon.

NICI: Wedi ymchwilio i'w hanes mae'n debygol iawn bod y ddau wedi tarddu o'r un man, sef pryd hawdd i longwyr ar y môr o Norwy, ond bod elfennau mwy annisgwyl *labskaus* yr Almaen yn ei wneud yn gwbl wahanol i'n stiw ni a gyrhaeddodd gartrefi gogledd Cymru drwy ddociau Lerpwl. Wrth drafod a chynllunio er mwyn ail-greu'r *labskaus*, roedden ni'n dau yn teimlo bod modd uwchraddio'r rysáit ychydig, ac felly dros gyfnod y Nadolig yn 2022 dyma fynd ati i ddod â chyffyrddiad o'n hantur haf i mewn i'n dathliadau gaeaf.

ALUN: Y cam cyntaf oedd mentro i greu ein cornbîff ein hunain o ddarn o frisged cig eidion, sydd yn broses eithaf hir. Rhaid ei socian mewn dŵr hallt gyda phob math o flasau am hyd at wythnos cyn ei goginio'n araf ar wres isel nes ei fod yn feddal iawn. Mae'r darn cig cymharol rad hwn yn dod allan o'i faddon fel petai'n Clark Kent wedi'i drawsnewid mewn ciosg. Rhostio'r betys wnaethon ni i ddwysáu'r blas melys a darganfod y pennog wedi'u piclo gorau oedd i'w gael yn lleol mewn jar gan gwmni Bwyd Môr Menai.

NICI: Mae gwyliau'r Nadolig yn gallu rhoi'r cyfle i rywun gynllunio at bryd arbennig, mae'n amser da i fynd i drafferth, a choeliwch ni, mae o werth y buddsoddiad amser. Wrth gwrs, fe allwch chi fynd ati i wneud hwn gan ddefnyddio cornbîff o dun, ond os mentrwch chi drin y cig eidion eich hun, yn ogystal â'r *labskaus*, fe gewch chi gig oer hallt ar gyfer brechdanau blasus yn anrheg ychwanegol.

NICI BEECH AC ALUN COB

LABSKAUS PEN CERRIG

Yn union fel yr anifeiliaid o'r stori tylwyth teg yn Bremen a ddaeth o hyd i gartref clyd a phryd o fwyd da, roedd ein *labskaus* yn rhan annwyl o'n dathliad yn 2022, ac mae'n parhau i fod yn ffefryn mawr ym Mhen Cerrig.

Cynhwysion

(digon i 4)
200g cig eidion wedi'i halltu a'i goginio'n araf (neu dun o gornbîff os dymunwch)*
3–4 betys (neu prynwch rai wedi eu coginio yn barod ond heb eu piclo)
Halen môr
Teim
6 gercin mawr
500g tatws (rhai da i'w stwnsio)
1 nionyn (winwnsyn) coch wedi'i dorri'n ddarnau mân iawn
4 wy
4 pennog (*herring*) wedi'u piclo
Olew i ffrio'r nionod a'r wyau
Halen a phupur

Dull

Golchwch y betys, eu hysgeintio gyda halen a theim a rhowch ffoil alwminiwm o'u cwmpas a'u coginio mewn popty 200°C wedi'i gynhesu ymlaen llaw (neu ffan 180°C/nod nwy 6) am tua 40 munud. Tynnwch y betys o'r ffoil a thynnu'r croen, yna'u torri'n ddarnau mân.

Torrwch y tatws a'u coginio mewn dŵr hallt am 20 munud cyn eu draenio, tynnu'r crwyn a'u stwnsio yn dda.

Ffriwch y nionyn yn ysgafn nes ei fod yn feddal.

Torrwch y cig eidion, y betys, a 2 gercin yn ddarnau bach a'u cymysgu gyda halen, pupur a nytmeg.

Ychwanegwch y cymysgedd at y tatws a'r nionod a chymysgu popeth yn dda.

Ffriwch yr wyau ar wres canolig gyda halen a phupur.

Gweinwch y *labskaus* gyda'r wy ar ei ben, pennog oer a thafell o gig eidion hallt ar yr ochr, a'i addurno gyda sleisys o fetys a gercin.

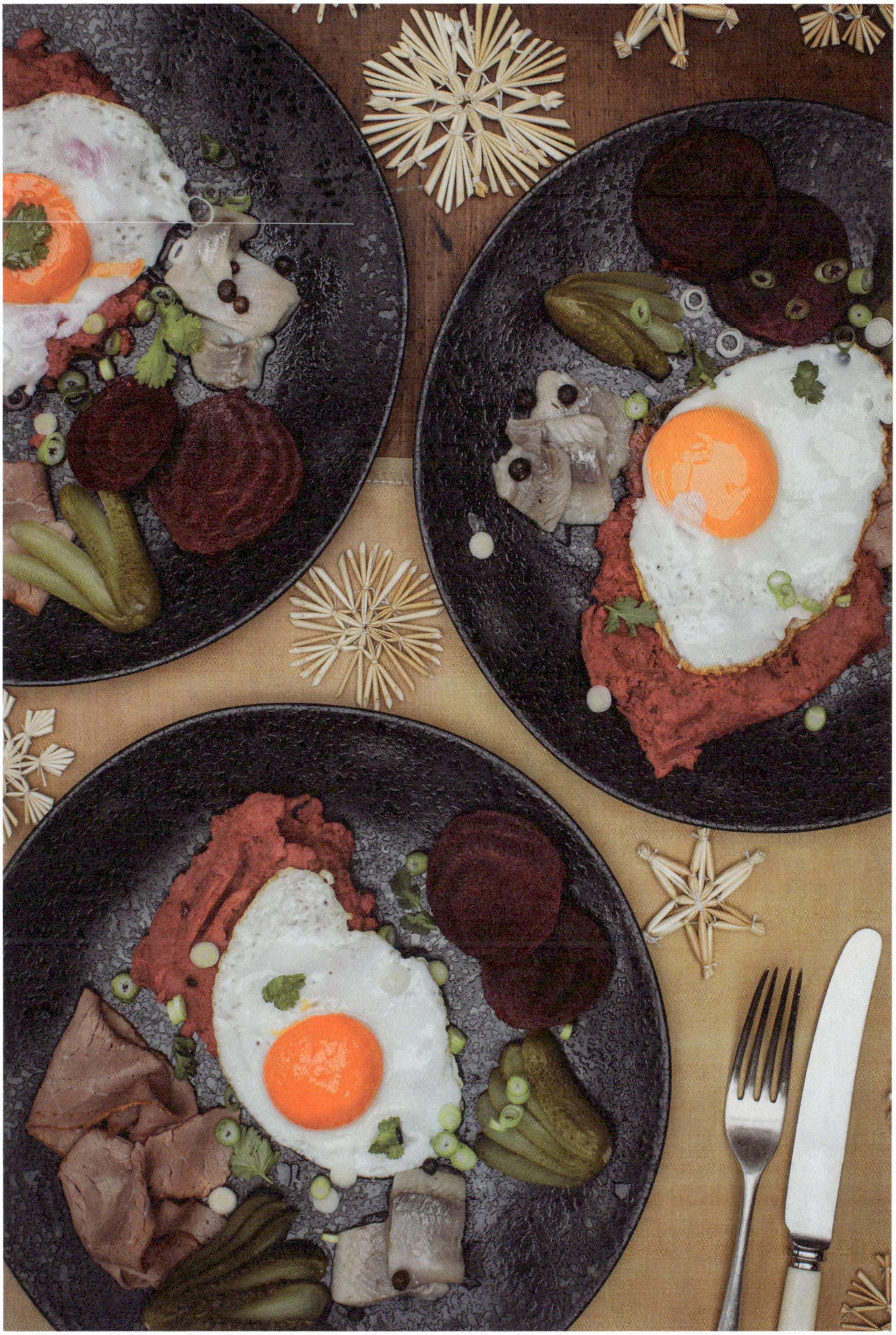

NICI BEECH AC ALUN COB

*Sut i greu cig eidion hallt, petaech yn dymuno gwneud

Cynhwysion

Darn 750g–1kg o frisged
200g halen
75g siwgwr
15g powdr Prague #1 (dewisol, mae'n helpu i gadw lliw y cig yn goch)
2 ddeilen llawryf
2 ewin garlleg
15g sbeisys piclo (e.e. *mace*, *allspice*, *juniper*, coriander, sinsir, tsili sych a chlof neu ddau – dewiswch eich hoff sbeisys)
1 foronen (dewisol)
1 nionyn (winwnsyn) (dewisol)
Ffon seleri (dewisol)

Dull

At 2 litr o ddŵr mewn sosban ychwanegwch yr halen, y siwgwr, y powdr Prague #1, y dail llawryf, yr ewinedd garlleg, a'r sbeisys piclo. Dewch â'r cyfan i'r berw ac yna'i adael i oeri.

Paciwch y darn o frisged i ddau fag rhewgell cryf tu mewn i'w gilydd ac arllwys yr hylif drosto. Gwasgwch gymaint o aer allan o'r bag ag y gallwch, ac yna ei selio. Sgwennwch y dyddiad ar y bag a'i roi mewn cynhwysydd yn yr oergell.

Trowch y pecyn drosodd bob dydd am 7–10 diwrnod.

Pan fyddwch yn barod i'w goginio, tynnwch y cig o'r bag, ei rinsio ychydig a'i sychu efo papur cegin neu liain glân.

Ar ôl rhoi'r cig mewn sosban a'i orchuddio â dŵr, os dymunwch, ychwanegwch foronen, nionyn a seleri i flasu'r dŵr, ond dim mwy o halen. Mudferwch ar ben y stof am rhwng 2 a 4 awr a gwnewch yn siŵr fod y cig yn cael ei orchuddio gan y dŵr drwy'r adeg. Bydd yn barod pan mae modd gwthio sgiwer drwyddo yn rhwydd. Neu os oes gennych chi beiriant *sous vide*, seliwch y cig mewn bag a'i osod i goginio ar 52°C (ffan 32°C/½ nod nwy, neu lai) am 12 awr.

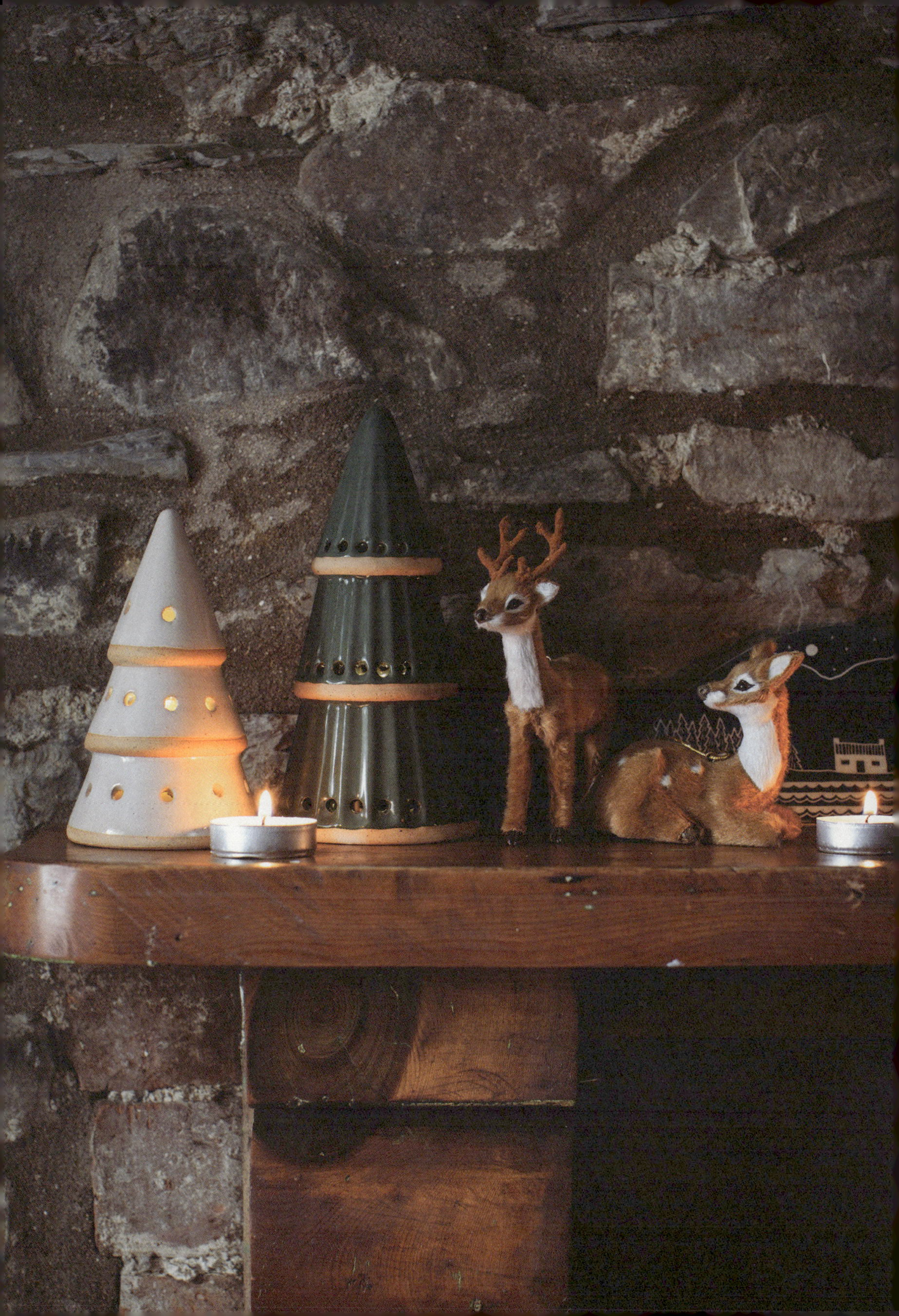

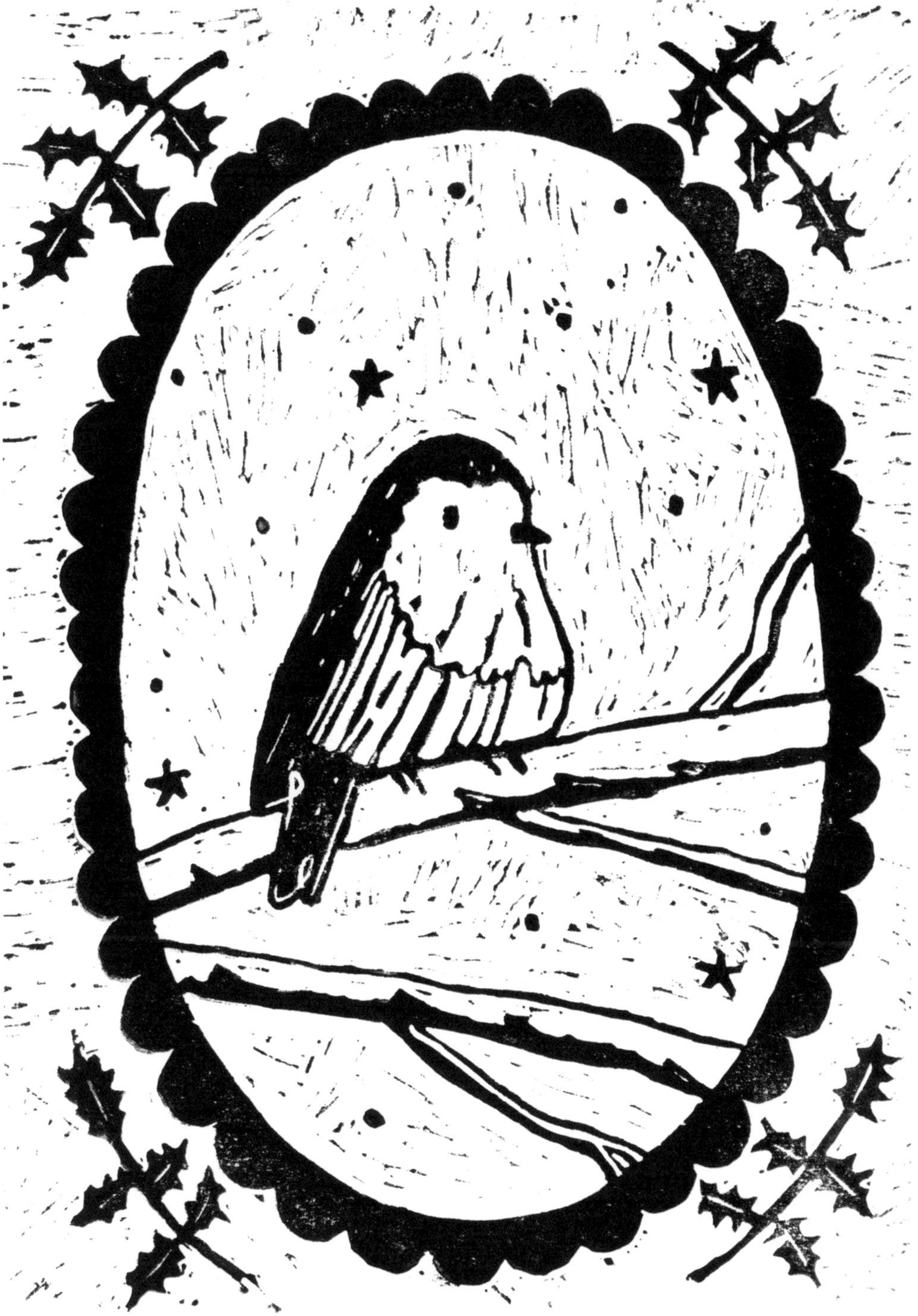

7

LOWRI HAF COOKE

'IT'S A WONDERFUL LIFE'

Bydda i'n aml yn chwibanu pan dwi'n teimlo'n hapus. Ond peidiwch â phoeni, dwi ddim fel caneri drwy'r amser. Mae'r hyn sy'n tasgu o 'ngwefusau – yn aml cyn i mi sylweddoli – yn ffynnon o lawenydd ddaw'n syth o'm calon. Mae clywed fy hun yn mynd i hwyliau yn codi gwên, a gwrid ar adegau, ond mae hefyd yn gadarnhad pleserus o'r ffaith: 'ydw, yr eiliad hon, dwi'n hapus', ac yna dwi'n cario mlaen yn ddiffwdan gyda 'niwrnod. Gall ddigwydd yn y gegin, neu tra 'mod i'n cerdded lawr y stryd. Ond dwy gân sy'n tueddu i daro brig fy siart chwibanu i.

Yn gyntaf, arwyddgan y gyfres sebon o'r wythdegau, *Dynasty*, sy'n gyfansoddiad llawn tensiwn a drama, ac o'i dechrau, rhaid ymrwymo gant y cant i'r perfformiad. Mae'n ddarn sy'n mynnu dycnwch, dewrder a dyfalbarhad, ond hefyd y cyfle prin i daro 'top G' mewn archfarchnad.

Yn ail, mae 'Rockin' Around the Christmas Tree' gan Brenda Lee. A gall yr ysfa i'w chanu fy nharo ar unrhyw adeg o'r flwyddyn. Does dim wir angen Sigmund Freud i egluro pam fod y clasur hwnnw'n hollbresennol yn nyfnderoedd fy isymwybod. Fel y sgrechiodd Noddy Holder fwy nag unwaith: 'It's Chriiiiistmaaaas!' Mae'r Nadolig yn fy ngwneud i'n hapus. Mae mor syml â hynny.

Canolbwynt yr holl hapusrwydd pan oeddwn i'n blentyn oedd bod ger y goeden yn agor anrhegion. Ond yn ystod fy arddegau, fe wawriodd y gwirionedd arna i mai'r gegin oedd gwir bencadlys llawenydd yr ŵyl. Roedd popeth yn digwydd yn y gegin, o'r cynllunio i'r coginio. (Dyna hefyd ble roedd y llyfr cyfeiriadau ar gyfer y cardiau Dolig, y radio, y tâp selo a'r papur lapio.) Ond yn bwysicach na dim, dyna ble roedd y llyfrau ryseitiau, ac o'u hagor a'u defnyddio, y crëwyd llu o atgofion. Delia oedd duwies-goginio Mam, a'r drindod iddi hi oedd *Delia Smith's Cookery Course, Part One, Two* a *Three* (1978–81). Rhwng y cloriau hynny roedd ryseitiau'r gacen, y treiffl a'r twrci, a hefyd y *boeuf en croûte* a'r tatws *boulangère* a goginiwyd ar ŵyl San Steffan. Yna'n gonsiglieri i Delia ar gyfer unrhyw gyngor pellach, fel dirgelion dŵr y jiblets, roedd y beibl, *Good Housekeeping's Cookery Book* (1944). Ac at hwnnw y trown i, ar bob noswyl Nadolig, i baratoi'r salad ffrwythau – traddodiad teuluol ers plentyndod Mam yn y Bermo.

LOWRI HAF COOKE

Dros y blynyddoedd, wrth i'm chwiorydd a finne gynorthwyo fwyfwy, ffeindiodd Nigella a Jamie hefyd gartref ar silffoedd y gegin. Yn gefnlen gerddorol roedd crŵnio Dean Martin a Frank Sinatra, a rhwng y plicio a'r gratio roedd 'na wastad amser am gorws byrfyfyr o 'Clywch Lu'r Nef' neu 'Gŵyl y Baban'.

Yna, ddeng mlynedd yn ôl, bu farw Mam, ac roedd y Nadolig cyntaf hwnnw hebddi'n heriol. Dwi'n cofio mynd-mynd-mynd am fisoedd cyn hynny, ond pan ddaeth yr ŵyl – a'r amser i oedi – fe chwalodd y llifddorau. Beth helpodd ychydig, rhyw fis cyn hynny, oedd cael cyfarfod â'r angyles, Nigella. Ces gyfle i'w gweld hi'n sgwrsio am ystyr bwyd a bywyd gyda'r athronydd Alain de Botton yng nghanolfan Emmanuel yn San Steffan. Bu'n trafod ei galar ei hun am ei mam hithau, a'r cysur a gawsai o ail-greu ei hoff ryseitiau hi. Ar y diwedd es i brynu argraffiad newydd o'i llyfr Nadolig, clawr caled lliw ruddem hyfryd, sgleiniog. Cyn iddi lofnodi fy nghopi, dyma fi'n diolch yn fawr iddi am ei geirie oedd wedi taro deuddeg, a finne newydd gael profedigaeth. 'Oh, I'm so sorry,' meddai hi'n llawn teimlad. 'It's ok,' atebais i'n dawel wrth deimlo fy hun yn dechrau gwrido. 'No, it's not,' dywedodd hi, gan edrych yn syth i'm llygaid. 'I know people say it's ok, but it really isn't, is it?' Gan geisio rheoli fy nagrau, dyma fi'n dechre parablu mai dynes Delia oedd Mam, tra oeddwn i'n aelod o #TeamNigella ac y byddai'n rhaid i mi, rywsut, gyfuno'r ddwy ymhen y mis. 'No,' meddai Nigella'n garedig. 'Do Delia this year. It'll mean so much more.'

Bob blwyddyn ers hynny, mae fy Nadolig i yn dechre wrth agor ei llyfr a gweld y geirie, 'For Lowri, Love, Nigella'. Dwi'n rhoi Frank Sinatra i ganu ar y radio wrth baratoi ei mins peis serennog hi, cyn taenu storm eira o eisin siwgwr drostynt. Mae hwnnw wastad yn foment hudolus. A bydda i wrth fy modd gyda phob cam ar ôl hynny, o lunio'r rhestr siopa gyntaf, hyd at yr holl ddiogi ar y soffa gyda'r After Eights drannoeth y ffair.

Ar noswyl Nadolig dwi'n hoffi mynd i farchnad Caerdydd i brynu'r deryn, y pysgod a'r ffrwythau. A hithe'n dywyll ben bore, mae'r awyrgylch yn gynnes a chroesawgar, a phawb yno yn eu hwyliau. Gyda'r pnawn, bydd fy chwiorydd yn galw i baratoi'r treiffl a thrafod yr amserlen goginio, a Dad sy'n chwarae rôl allweddol 'head of greens'. Yna, 'dan ni'n paratoi swper o *spaghetti vongole*, sy'n flas hollol wahanol i'r twrci neu'r ŵydd fydd ar y diwrnod mawr ei hun. Mae'n rysáit rwydd a blasus – persli, garlleg, bwyd y môr, gwin gwyn a halen a phupur yn gymysg i gyd, ac mae'n barod. Bendigedig!

Yn aml, cawn y sbageti wedi i ni wylio *The Snowman* ac *It's a Wonderful Life*, a chyn *Home Alone* neu *National Lampoon's Christmas Vacation*. Oherwydd, mae ffilmiau'r ŵyl yr un mor bwysig â'r bwyd – maen nhw'n cynnig llwyfan i bob emosiwn. O sinigiaeth Bill Murray yn y gomedi *Scrooged*, i ddrygioni

LOWRI HAF COOKE

LOWRI HAF COOKE

Macaulay Culkin yn *Home Alone*, a gwallgofrwydd Chevy Chase fel Clark Griswold yn *National Lampoon's Christmas Vacation*. Ac er cymaint dwi'n caru melyster malws melys Will Ferrell yn *Elf*, mae pathos ffilm fel *Planes, Trains and Automobiles* hefyd yn rhan o dymor y dathlu.

Achos mae profi'r rhychwant teimladau yn bwysig, yn enwedig adeg Nadolig. Felly, mae'n *rhaid* i ni fynd drwy'r ffarwél olaf â'r dyn eira, a theimlo ing ac unigedd George Bailey, cyn iddo ddarganfod gwir gariad a chyfoeth ei gymuned yn Bedford Falls. Wedi'r cyfan, fel yr atebodd Nigella'r cwestiwn am ba flas oedd ei hoff flas a pham yn y sesiwn drafod yn San Steffan: 'Halen. Mae blas halen, pethau hallt, yn rhyddhau pob dim.'

Pan mae galar yn glanio, mae'n amhosib dychmygu y gallech chi deimlo'n hapus byth eto. Ond mae'r galar yn newid, yn addasu, ac o'i dderbyn a'i anwesu – ac yn wir, ei groesawu – mewn amser, gall y tristwch ddwysáu eich dedwyddwch. Achos wyneb arall ar gariad, gwir gariad, yw galar, yndê? Ond gall galar hefyd fod yn llwynog. Gall teimladau reit annisgwyl godi i'r wyneb ar unrhyw adeg, ac yn arbennig yn ystod cyfnod sydd mor ystyrlon â'r Nadolig. Dwi'n cofio ffrwydro un flwyddyn, toc cyn cinio Dolig, gan deimlo fel dafad ddu am weddill y dydd. Bues i'n teimlo'n ofnadwy am ddyddiau wedi hynny, gan ofni 'mod i wedi dinistrio'r Nadolig am byth bythoedd.

Es i am dro â dwy ffrind ar ôl gŵyl San Steffan, a rhannu'r cyfan – a diolch byth i mi wneud hynny. Chwarddodd un a dweud, 'O, mae hynny 'di digwydd i ni i gyd.' Ac fe rannodd y llall ei mantra bywyd – a bwyd – gyda ni i gyd. Roedd hithe wedi cael profiad pan oedd hi'n aros gyda'i mam yng nghyfraith, a fynnai gynnig ei chacen Nadolig i bawb oedd yno ar hyd cyfnod y gwyliau. Ymateb di-hid a gafwyd i'w chynigion cyson, ac yn y diwedd, ffeindiwyd Mam-gu yn tampan yn y gegin am fod 'Neb moyn byta 'nghacen Nadolig i'. Yr eiliad honno, sylweddolodd fy nghyfeilles, yn ei geirie ei hun, 'Dyw e byth am y gacen Nadolig.' Bosib mai rysáit ei mam hithau oedd rysáit y gacen, a bod y blas yn ei hatgoffa o Nadoligau ei phlentyndod. Neu efallai taw sleisen o'r deisen, gyda'r marsipán a'r eisin, oedd uchafbwynt yr ŵyl i'w diweddar ŵr. Ar adegau felly, dros dymor y Nadolig, ystyriwch eirie C. S. Lewis: 'I sat with my anger long enough until she told me her real name was grief.'

Y llynedd codwyd cwestiwn gwahanol, na, cwestiwn chwyldroadol. 'Beth am fynd allan am ginio Nadolig?' Wel, wedi'r holl ofidio, a'r heipyr-fentilêtio, dyma ddweud 'ie' i brofiad newydd. Fy mhrif gwestiwn oedd sut ar wyneb y ddaear fydden i'n llenwi fy amser, heb yr holl blicio, y gratio a'r stwffio? A beth am y sbarion? Y gwerth dyddiau o frechdanau? A beth ar wyneb y ddaear fyddai diwrnod Nadolig heb dreiffl Delia? Wrth wraidd yr holl bryder roedd fy ofn o anghofio am Mam. Ond y peth yw, fe fydd hi wastad yno, ble bynnag

57

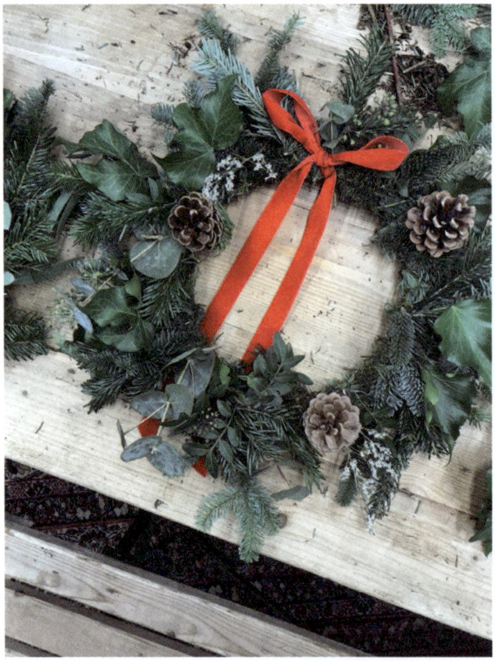
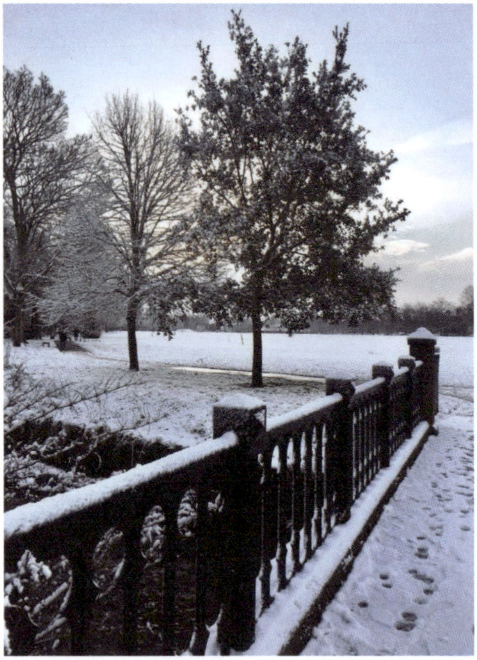
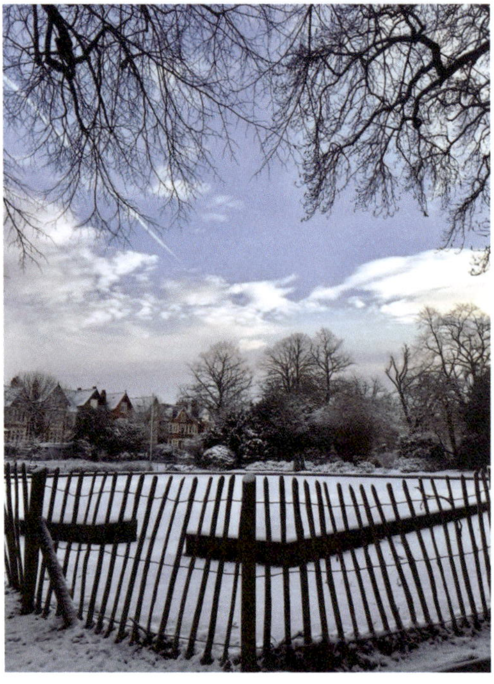
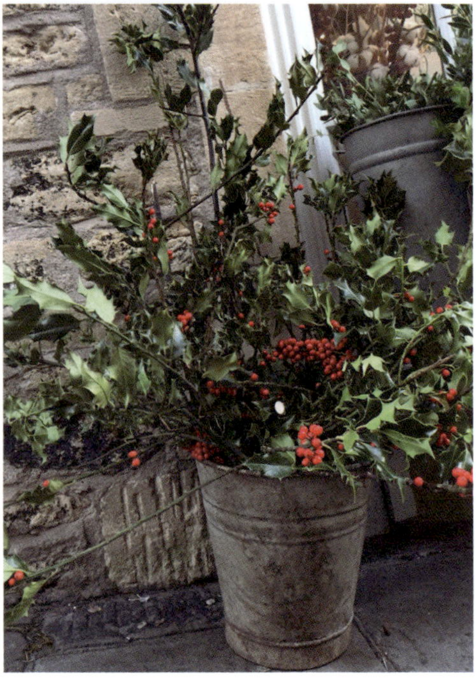

fyddwn ni. Fy ateb felly oedd gweld y cyfan fel antur, ond fe wnes i hefyd anrhydeddu *un* blas sy'n anhepgor ar ddiwrnod Nadolig.

Nawr, fe allwn i greu'r rysáit hon bob diwrnod o'r flwyddyn. Wedi'r cyfan, beth sydd *wir* mor Nadoligaidd am salad ffrwythau? Ond gyfeillion, bydde fe *ddim* yr un fath. A beth bynnag, dim ond fi sy'n ei fwyta. Wrth i bawb arall, wedi'r twrci, gythru am gyfoeth blas y pwdin neu'r treiffl, dwi'n ysu am ysgafnder sudd a'i felyster. Mae cyfuniad o ffresni'r ffrwythau a'r surop chwerwfelys yn cynnig *sorbet* o brofiad, sy'n torri trwy densiwn a drama'r saim, a'r blasau brasach. Ac mae'r lliwiau llachar fel gemau gwerthfawr. A wir i chi, mae'r blas yn swyno fel carol Nadolig i mi.

Dyma felly fy addasiad i o salad ffrwythau *Good Housekeeping's Cookery Book*. Mae'r fersiwn wreiddiol, aeafol, yn cynnwys bricyll a phrŵns, syniad sy'n annioddefol i'm chwaeth i. (Ond hei, ewch amdani os hoffech chi brofi 'bach o ryddhad ...) Ar sail blynyddoedd o brofiad, mae'n bwysig paratoi'r pwdin hynod syml hwn ar noswyl Nadolig, gan roi digon o gyfle i'r blasau gymysgu ac ystwytho. Dewiswch amser – slot o 20 munud – a dewch ag ychydig bach o fyfyrdod i ganol eich prysurdeb. Rhowch BBC Radio Cymru neu Classic FM ar y radio (rydych chi'n siŵr o glywed 'Santa Clos' gyda llais swynol Meredydd Evans neu fersiwn hyfryd Bryn Terfel o'r garol 'Still, still, still') a mwynhewch symffoni i'r synhwyrau, rhwng y persawr a'r perseiniau. Mae'r blas yn wefreiddiol wedi'r wledd ei hun, neu well fyth, amser brecwast – yn enwedig gyda joch da o hufen dwbl. Ble bynnag y byddwch, dyma yw hapusrwydd mewn powlen. Byddwch yn barod i chwibanu, a chydnabod i chi'ch hun ... 'it's a wonderful life', yn wir.

LOWRI HAF COOKE

SALAD FFRWYTHAU

Cynhwysion

110g siwgwr
½ peint o ddŵr
Sudd a chroen 1 lemwn
Llond llaw o geirios coch
Llond llaw o rawnwin coch (heb yr hadau)
Llond llaw o rawnwin gwyrdd (heb yr hadau)
1 oren mawr
1 tanjerîn/clementin/mandarin
1 gellygen
1 afal gwyrdd
1 afal coch
1 nectarin neu eirinen wlanog
½ banana

Dull

I greu'r surop, toddwch y siwgwr yn y dŵr ar wres isel mewn sosban nes bydd wedi diflannu (tua 5 munud).

Tra eich bod chi'n aros i'r siwgwr doddi, gratiwch groen y lemwn. Wedi i'r siwgwr doddi'n llwyr, ychwanegwch sudd yr hanner lemwn, a'r croen wedi gratio, at y dŵr melys. Diffoddwch y gwres, a gadewch i'r surop oeri hyd nes y byddwch chi wedi torri'r ffrwythau.

Dewiswch bowlen wydr, hardd i roi'r ffrwythau ynddi, ac estyn am gyllell a bwrdd torri. Sicrhewch eich bod yn gwisgo ffedog, gan fod sudd y ceirios yn lliw pinc llachar ac yn staenio. Torrwch y ceirios yn haneri neu'n chwarteri, gan waredu'r cerrig. Ychwanegwch bob ffrwyth i'r bowlen o hyn ymlaen.

Hanerwch y grawnwin, gan sicrhau nad oes unrhyw hadau. Gwaredwch groen yr orenau mawr a'r rhai bach, a thorrwch pob 'mochyn' neu ddarn yn dri neu bedwar.

Pliciwch a chwarterwch yr ellygen, gan waredu'r hadau yn y canol, yna torrwch yr ellygen yn ddarnau mân, tua'r un maint â'r darnau ffrwythau eraill.

Gwnewch yr un fath gyda'r afal gwyrdd. Gyda'r afal coch, torrwch yn ddarnau ond peidio'i blicio, gan adael y croen arno. Gwnewch yr un peth gyda nectarin neu'r eirinen wlanog, gan adael y croen.

Yna cymysgwch y darnau ffrwythau ynghyd yn y bowlen.

Estynnwch am ridyll, a thywallt y surop dros y ffrwythau drwyddo, gan sicrhau nad yw'r croen lemwn yn cyrraedd y salad ffrwythau. Yna gwaredwch y croen lemwn.

Gorchuddiwch y salad ffrwythau â gorchudd, fel ffoil alwminiwm, a gosodwch y bowlen yn yr oergell am hyd at ddiwrnod, nes y byddwch yn barod i'w fwyta.

Rhyw awr cyn y byddwch yn barod i'w weini, sleisiwch hanner banana i'r salad ffrwythau. Bydd hyn yn ychwanegu blas bach mwynach a melysach iddo.

Gweinwch y salad ffrwythau mewn gwydrau bach, *retro*. Tywalltwch joch bach, neu fawr, o hufen dwbl drosto.

Mwynhewch! Ac ailadroddwch hyn i frecwast fore trannoeth.

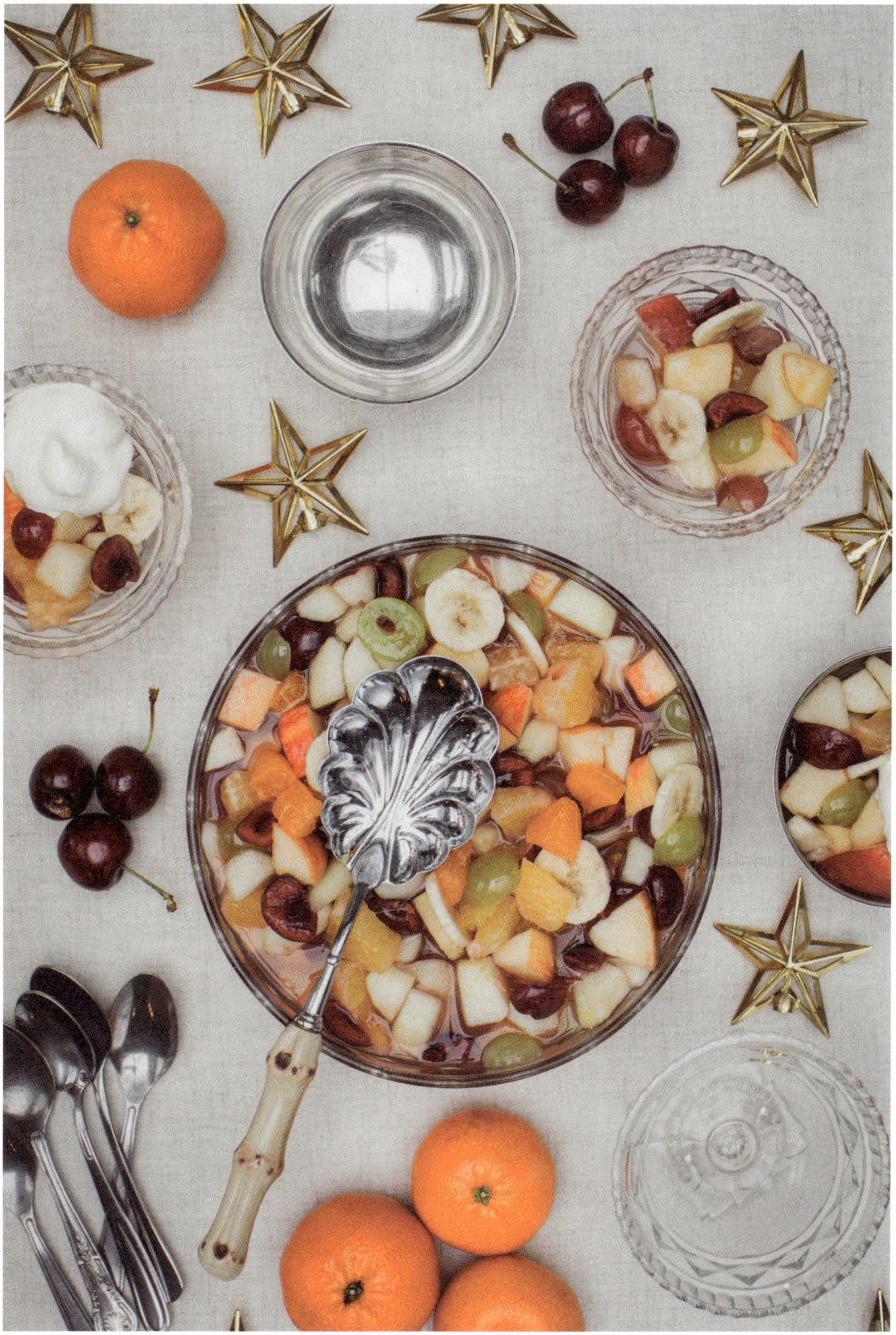

8

SIÂN ELERI ROBERTS

DIWRNOD YR HAM

Dydi Dafydd a minnau ddim yn bobl Nadoligaidd.

Ychydig iawn o siopa Nadolig wnaf i. Slawer dydd, ro'n i'n arfer crwydro ffeiriau Nadolig (tan i mi weld hosan Nadolig Gymraeg i gath am £11.50 ac anobeithio) a siopau (tan i mi sylweddoli bod rhywbeth i bawb yn Llên Llŷn a Phalas Print). Mae hynny'n arbed amser a strès ac mae llyfrau mor hawdd i'w pacio.

Dydyn ni ddim o'r bobl fwyaf trefnus wrth baratoi at yr ŵyl chwaith.

Pan oedd Guto ac Elis yn bedair ac yn ddwy oed, daeth Siôn Corn yn ei ôl ar noson y Nadolig ar y ffordd adre i Wlad yr Iâ â dwy het blismon roedd wedi anghofio'u gadael y noson cynt.

Un noswyl Nadolig sylweddolais y byddai Megan, 13 oed, yn brin *iawn* o anrhegion drannoeth. Anfonwyd Guto ar genhadaeth last-minit, a daeth Nintendo Wii i achub y dydd.

Ni yw'r olaf i osod trimins Nadolig a'r olaf i'w tynnu nhw. Wedyn, ry'n ni'n aml yn ffeindio dyn eira amddifad neu ŵr doeth coll yn llechu mewn cornel lychlyd ddiwedd Ionawr. Un flwyddyn, fuodd coeden â golwg hunandosturiol arni y tu allan i ddrws y gegin tan ganol Chwefror.

Does dim bai arnon ni am bob anhrefn.

Bob Nadolig, am 14 blynedd ar ôl i ni briodi, fe gawson ni dwrci'n anrheg gan berthnasau. Ar y bymthegfed flwyddyn, fodd bynnag, fe benderfynon nhw roi presant gwahanol i ni, un nad oedd yn dwrci. Hyfryd iawn – ond eu bod wedi anghofio dweud wrthym ni am y newid yn eu cynlluniau. Felly, am 7 o'r gloch ar noswyl stormus Nadolig 1997, roedden ni heb dwrci! I ffwrdd â Dafydd i Spar, Pwllheli, gan osgoi pyllau dŵr a changhennau ar y ffordd. Cyrhaeddodd adre, mewn cwthwm o wynt a chyhoeddi'n fuddugoliaethus, 'Chwadan 'dan ni'n gael i ginio fory!' Blasus iawn oedd hi hefyd.

Un flwyddyn, ar ôl paratoi'r twrci a'i roi yn y popty Stanley, aethon ni i'r capel. Pan ddaethon ni adre, roedd y gegin yn od o oer a thawel a dim smel twrci yn unman! Och! Roedd y Stanley wedi torri. Doedd dim amdani ond estyn y whilber, llwytho'r twrci, y sosbannau a'r stwffings iddi, a'u powlio nhw lawr y lôn fach i dŷ Nain a Taid (oedd yn bwyta am hanner dydd ar y dot) i'w coginio.

SIÂN ELERI ROBERTS

Doedd dim llawer o drefn ar Nadolig 1992 chwaith. Cafodd Elis ei eni ar noswyl Nadolig, 13 diwrnod yn hwyr. Felly, fe dreulion ni'n dau ddydd Nadolig hamddenol yn ysbyty Bryn Beryl. Gawson ni ymweliadau gan Siôn Corn a Dafydd Wigley, a chwip o ginio gyda lliain bwrdd a chracyrs.

Aeth Dafydd a Guto, oedd yn ddwy a naw mis, i aros at Nain a Taid, a llwyddo i gael y neges at Siôn Corn. Roedd Dafydd wedi prynu camera fideo ar ei ffordd o'r ysbyty i mi gael gweld Guto'n agor ei anrhegion. Pan es i adre, roedd yn braf gweld y fideo ohono'n dotio at ei deganau. Ond roedd golygfa arall ... Guto a'i daid ar y tractor yn mynd gan bwyll trwy'r cae. Yna, Taid yn dod oddi ar y tractor gan adael Guto ar ei ben ei hunan, yn 'gyrru' y tractor gan wenu fel giât. Dim ond am ychydig eiliadau roedd hynny ... ond taswn i 'mond yn gwybod ...

Pan oedd Elis yn yr ysgol gynradd, roedd yn cael parti plant ar ddydd ei ben-blwydd. Ro'n i'n ofni y byddai gan bawb drefniadau teuluol, ond roedd y mamau eraill ond yn rhy falch o'r amser i gael cyfle i roi trefn erbyn drannoeth, ac felly roedd bob amser llond tŷ o blant llawn cyffro acw.

Gyda'r nos, byddai'r teulu'n dod draw a byddai'r plant yn hwyr yn mynd i'r gwely. Mantais fawr hynny oedd na chawson ni erioed mo'n deffro ar awr annaearol gan blant bach brwd eisiau dangos eu hanrhegion Siôn Corn i ni. Yn wir, wnaethon ni flino disgwyl iddyn nhw godi un flwyddyn, a mynd i'w deffro.

Mae'r plant a'u teuluoedd – gyda thri o wyrion erbyn hyn – yn dal i ddod i'n tŷ ni ar noswyl Nadolig, ond newidiodd yr enw amdano rywbryd o 'Parti Elis' i 'Diwrnod yr Ham'.

Bwffe syml yw e, ond bod *rhaid* cael ham. Pe bawn i'n cynnig bîff neu samon neu gawl, gallwn ddisgwyl protest.

Hefyd, rhaid cael sosejys a tships, darnau o gaws meddal â pherlysiau (Appeteasers), poset lemwn a rhywbeth siocled. Gall y gweddill amrywio. Bydd popeth, hyd y bo modd, yn ddiglwten, hyd yn oed y mwstard ar yr ham.

Dwi'n dal yn argyhoeddedig mai fi sy'n gwneud y bwyd i gyd a'i weini, ond mae MS arna i erbyn hyn ac angen llawer o help i estyn cynhwysion, agor jariau, trin pethau trwm neu boeth, codi pethau dwi'n eu gollwng, cario'r bwyd a chymryd drosodd pan fydda i'n blino. Ond dwi'n dal i gymryd y clod.

Dyma fy hoff ddiwrnod o'r flwyddyn: banter, chwerthin a photsian rownd y piano.

Ar ôl y parti, daw rhywbeth anghofiedig i'r golwg yn ddi-ffael: cracyrs heb eu tynnu, neu salad diddorol o gefn y ffrij.

Ac wedyn, â'r gegin yn dawel, dwi'n paratoi'r stwffings at drannoeth. Tybed fydd 'na stori i'w hychwanegu at chwedlau'r teulu eleni?

SIÂN ELERI ROBERTS

SIÂN ELERI ROBERTS

YR HAM

Does dim rysáit bendant, beth bynnag sy'n digwydd bod wrth law.
Mae rhywbeth fel hyn i'w weld yn gweithio ...

Cynhwysion

Darn o ham tua 2kg
1 winwnsyn (nionyn) wedi'i dorri'n ddarnau
1 foronen wedi'i thorri'n ddarnau
Ffon seleri wedi'i thorri'n ddarnau
Dail llawryf (*bay*)
Grawn pupur du
Clofs

Ar gyfer y sglein:
1 lemwn, y croen melyn a'r sudd
Surop masarn
Siwgwr brown
Mwstard gronynnog
Paprica mwg
Sbeis mâl e.e. sinamon, nytmeg, sinsir

Dull

Rhoi'r ham mewn sosban o ddŵr oer am rai oriau. Newid y dŵr. Rhoi'r darnau winwns, moron, seleri, dail llawryf a phupur du ynddo. Codi i'r berw. Mudferwi am hyd at 2 awr.

Tynnu'r cig a'i adael i oeri am ychydig. Cynhesu'r ffwrn i 190°C (ffan 170°C/nod nwy 5).

Tynnu croen caled yr ham â chyllell finiog. Gadael y braster. Gwneud siâp cris croes yn y braster a rhoi clofs mewn patrwm twt yn yr holltau. Rhoi'r cig mewn tun rhostio.

Cymysgu'r croen â sudd lemwn, surop masarn, siwgwr, mwstard, paprica a sbeis mewn dysgl ac arllwys tua hanner ohono dros y cig.

Rhoi'r cig i rostio am ryw awr gan godi'r sudd i'w arllwys drosto weithiau. Arllwyswch weddill y cymysgedd drosto ar ôl tua hanner awr.

Tynnwch o'r ffwrn a gadael iddo oeri cyn ei sleisio.

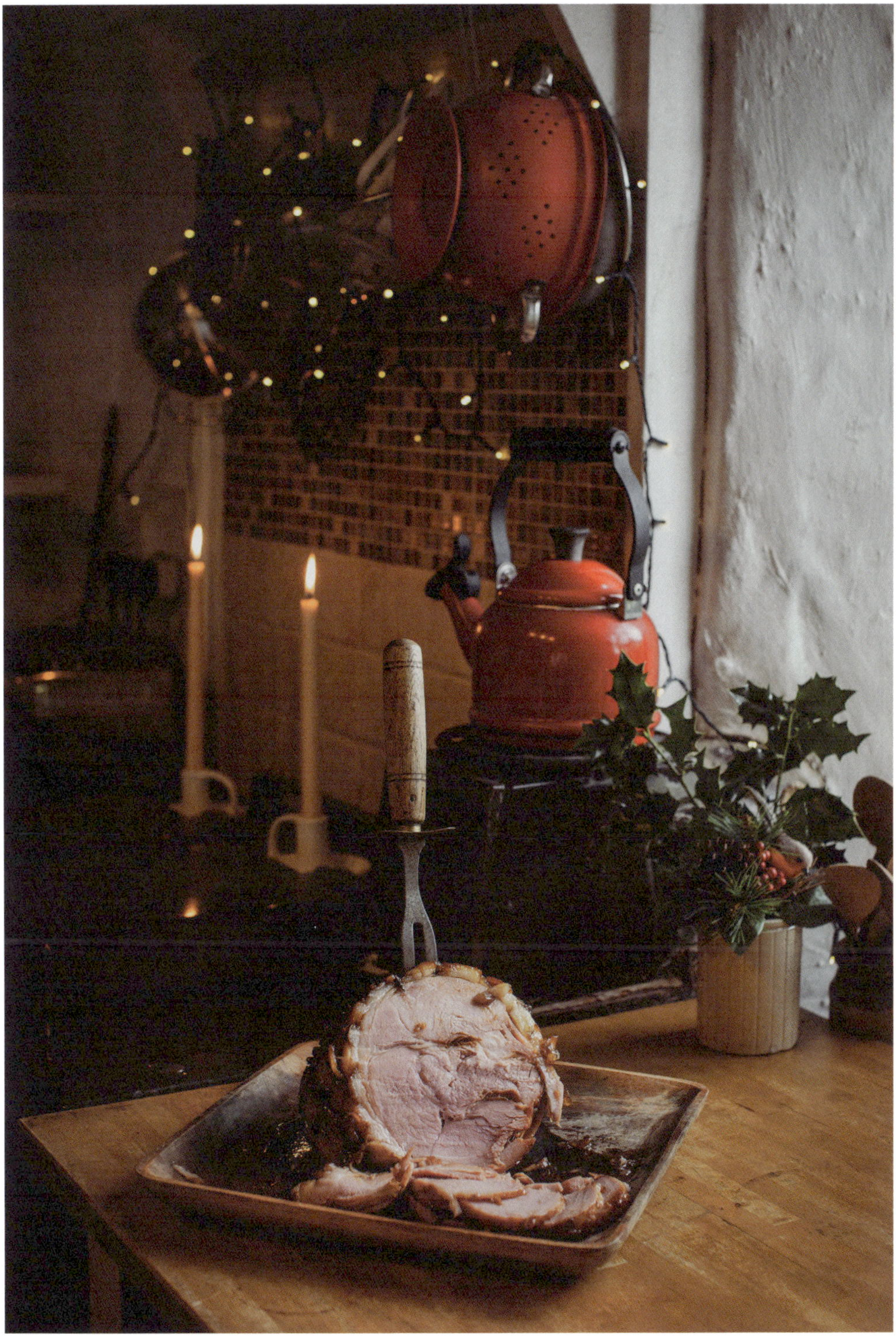

9
—

JON GOWER

RWLÉT TWRCI

Dwi ddim yn chwarae pocer ond mae gen i syniad y medrwn gadw fy nerfau'n lled dawel petaswn i'n digwydd chwarae'r gêm, hyd yn oed un ble roedd 'na bentwr mawr o arian ar y ford. Pam? Wel, un o uchafbwyntiau cyfnod y Nadolig yn tŷ ni yw chwarae *turkey roulette*. Dyma ble rydw i a'r ferch hynaf, Elena, yn mynd i Waitrose yn hwyr y prynhawn ar noswyl Nadolig i weld a oes 'na fargeinion ar ôl. Ro'n ni'n arfer mynd rhyw ddwy awr cyn iddynt gau'r drysau, ond nawr, gyda phrofiad a chan ymarfer nerfau o ddur, ry'n ni'n mynd yno wrth i'r gweithwyr ddod allan â'r peiriannau bach sticeri sy'n gostwng y prisiau. Dy'n ni heb fethu eto. Yr un gorau oedd dwy flynedd yn ôl ble cawsom dwrci ffansi, dros ben llestri Heston Blumenthal am draean y pris gwreiddiol.

Yr hyn sy'n help mawr yw'r ffaith nad oes rhaid i ni gael twrci mewn gwirionedd, oherwydd ry'n ni fel teulu yn dathlu gŵyl Ddiolchgarwch Americanaidd ym mis Tachwedd, felly mae pawb wedi cael hen ddigon o dwrci'n barod. Ddiwedd Tachwedd mae fy ngwraig Sarah yn treulio wythnos gyfan yn paratoi am y wledd, ac erbyn hyn mae'n fwy o ddigwyddiad na'r Nadolig yn ein tŷ ni mewn ffordd, yn rhannol oherwydd bod criw mawr o ffrindiau yn ymgasglu, a lot fawr o chwerthin a storïa a hel atgofion am y flwyddyn aeth heibio i gyd-fynd â'r bwyta.

Er mwyn chwarae *turkey roulette* go iawn, yn ogystal ag aros tan y funud olaf cyn ei heglu hi i'r siop, yn ôl rheolau'n traddodiad teuluol, mae'n rhaid cael popeth, pob dim; y llysiau, y pwdin, y bali lot. Y llynedd, gyda'n nerfau'n pingo, fe gyrhaeddon ni'r archfarchnad awr cyn eu bod nhw'n cloi'r drysau ar noswyl Nadolig ac roeddwn yn gwisgo fy het wlân gyda chyrn fel carw, sydd hefyd yn draddodiad. A fydden ni mewn pryd? A dweud y gwir, roedd y silffoedd yn reit wag wrth edrych am ddanteithion sawrus a throdd yr eclairs-gydag-eog mas i fod yn horibl. Ond dyna yw mawredd yr holl beth. Yr ansicrwydd. Y cwestiwn, a fydd yna *Brussels sprouts*? Nid bod pawb yn y teulu'n hoff o'r rheini. Nhw yw Marmite y byd llysiau, wedi'r cyfan.

Mae yna sawl traddodiad teuluol a fewnforiwyd o'r Unol Daleithiau, sef cartref fy ngwraig, Sarah, sy'n dod o Oakland yng Nghalifformia. Un ohonynt yw

JON GOWER

forgotten cookies, gaiff fynd i'r ffwrn ar ôl i'r twrci goginio a chael ei dynnu oddi yno. Mae'r enw'n dod o'r ffaith eich bod yn medru diffodd y ffwrn ac anghofio amdanyn nhw wrth i chi fwynhau cinio ym mynwes gynnes eich teulu.

Sdim byd gwell na llond plât o'r rhain – ynghyd â bisgedi eraill wedi eu coroni gan siocledi bach Hershey's Kisses – wrth wylio un o'r llu ffilmiau Nadoligaidd ry'n ni'n eu mwynhau bob blwyddyn. Yr un ar ben y rhestr cyn sicred ag y mae'r angel bach gwyn yn eistedd ar dop y goeden yw *The Muppets Christmas Carol*, un o'r mŵfis gorau yng ngyrfa hirfaith ac amrywiol Michael Caine, ac un sy'n codi'r galon bob tro, fel y mae *Arthur Christmas* yn gwneud hefyd. Yn ogystal, bydd ffilmiau mewn cywair gwahanol yn boblogaidd, megis *Die Hard*, ble mae Bruce Willis yn achub llwyth o bobl sydd wedi eu cymryd yn wystlon gan derfysgwyr adeg Nadolig.

Mae Sarah'n dwlu gwneud yr holl drefniadau. Hi yw brenhines y Nadolig. Bydd yr hosanau'n llawn, a'r carolau'n atseinio, a'i gŵr yn caniatáu i'w blentyn mewnol ddawnsio'n rhydd oherwydd ei bod hi'n mwynhau cuddio anrhegion am wythnosau, a'r ddefod o gasglu coeden go iawn o farchnad tafarn y Corporation a'i haddurno. Bydd Ianto'r ci yn cyfarth nerth ei ysgyfaint oherwydd mae yntau'n deall bod rhywbeth anarferol yn digwydd hefyd, ond ddim yn deall yn union beth. Ac wrth gwrs, mae Siôn Corn yn gadael rhywbeth bach i bob ci da, rhywbeth i gnoi a chnoi arno tan ddydd San Steffan.

O, a sôn am Siôn Corn ... rydw i'n cofio un Nadolig i mi dderbyn neges frys yn dweud bod Santa'n methu cyrraedd ei groto yn Ffair Nadolig Prifysgol Fetropolitan Caerdydd, a'r llais ar ochr arall y ffôn yn ymbil yn daer a fyswn i'n ystyried camu i'r bwlch, efallai am fod gen i fola mawr i ddechrau. Es draw yn syth i ddarganfod nad oedd ganddyn nhw siwt na dim byd, dim ond barf wen a blanced goch i'w gwisgo fel cot. I wneud pethau'n waeth, roedd fy merched i'n dod draw i'r ffair a bydden nhw'n siŵr o adnabod Dad, yn enwedig Dad heb fawr o ddim i guddio'r ffaith mai Dad ydoedd. Ond drwy ryw ryfedd wyrth, a digonedd o ho-ho-hoio brwdfrydig, ni welodd yr un o'r ddwy heibio'r *disguise* pathetig. Chefais i ddim Oscar, ond roedd 'na foddhad rhyfedd o fod wedi twyllo'r merched yn y fath fodd.

Mae brecwast Nadolig yn ein tŷ ni yn un syml ar y naw. Bagels, eog, *capers* a chaws meddal, gyda charolau'n chwarae yn y cefndir, neu efallai ganeuon gan Sufjan Stevens. Y dyddiau hyn, dyw'r merched ddim yn codi cyn y wawr, na chyda'r wawr hyd yn oed, felly mae agor yr anrhegion a'r brecwast yn mynd yn hwyrach ac yn hwyrach. Mae'r ferch ieuengaf, Onwy, a

JON GOWER

minnau wastad yn mynd i Barc y Rhath i edrych ar ba adar sydd yno ar fore dydd Nadolig, ac ambell waith bydd y fan hufen iâ yno hefyd. Ie, hyd yn oed ar ddydd Nadolig, a hynny hyd yn oed os yw hi'n fore oer neu lawiog. Ac os bydd y fan yno, wel, 99 amdani.

Dwi'n teimlo y dechreuodd fy mywyd i go iawn pan ddaeth Sarah mewn i 'mywyd i, ac yna daeth y merched i'w dilyn. Ac felly, mae pob dydd yn teimlo yn gwmws fel Nadolig i fi, a phob awr yn eu cwmni fel anrheg arbennig iawn, iawn.

10

HUW STEPHENS

NOSON OER NADOLIG ...

Yn dyden ni'n lwcus, cael Nadolig blasus bob tro? A beth sydd ar ben fy mwydlen Nadolig i?

Sgampi a *chips*.

Dyna fyddwn ni fel teulu'n bwyta ar noswyl Nadolig. Dydw i ddim yn siŵr iawn pam. Dyw e ddim yn bryd anarferol, nac arbennig chwaith. Yn aml, byddai'r sgampi'n dod o'r rhewgell, a'r sglodion hefyd. Neu weithie bydde'r sglodion yn dod o'r dafarn datws agosa. A bydde'n rhaid cael bara lawr i gyd-fynd â'r wledd, o farchnad Caerdydd fel arfer. Rwy'n eitha sicr y dechreuodd y traddodiad hwn fel ymateb i holl fwyd y diwrnod canlynol, y cyferbyniad perffaith i'r twrci tew a'r wledd ar ddydd Nadolig.

Mae'n rhyfedd sut mae traddodiadau teuluol yn cychwyn ac yn medru troi i fod yn ddefodau, heb eu cwestiynu nhw na gofyn pam eu bod nhw'n digwydd yn y lle cynta. Roedd fy nhad yn arfer gwisgo socs coch adeg y Nadolig, ac yn falch iawn ohonyn nhw hefyd. Mae'n bosib fod hynny'n egluro pam rydw i yn hoff o wisgo sanau lliwgar hyd heddiw. Dolig oedd yr unig adeg i'r socs penodol hyn gael eu gwisgo am ei draed o beth rwy'n ei gofio. Felly, roedden ni'n gwybod ei bod hi'n adeg arbennig.

Ond roedd angen defod noswyl Nadolig fy hunan arna i. Ac felly, bydde noswyl Nadolig, am sawl blwyddyn, yn golygu trip i'r dafarn leol, sef y Plough yn yr Eglwys Newydd. Mae'r dafarn yn dal yno, ond mae'r stafell gefn yn fwy o *gastro pub* erbyn hyn. Roedd lle bowlio deg yn arfer bod yno, a llond y lle o ddisgyblion ysgol o bob oed. Parhaodd y traddodiad hwn am sawl blwyddyn, yn ffordd hyfryd o ddal lan â hen ffrindiau, a gweld cyn gyd-ddisgyblion Glantaf. Bydde'r stafell gefn yn orlawn o ddiod, mwg a phobl o bob math.

Ond pharodd y ddefod hon ddim mor hir â'r sgampi. Erbyn hyn dydw i ddim yn yfed alcohol, a hynny ers bron i ddegawd (ond rwy'n dal i fwyta sgampi a *chips*). Y ddiod Nadoligaidd i mi fyddai Schloer – roedd 'na botel blas afal yn y tŷ dros yr ŵyl bob tro – ac rwy'n gwerthfawrogi'r bybls dialcohol hyd yn oed yn fwy erbyn hyn. Pan oeddwn i'n blentyn, roedd Schloer lan yna gyda Viennetta a Ferrero Rocher fel y bwyd a'r ddiod mwya soffistigedig y gallech eu cael. Os roedd y rhain o amgylch y lle, bydde 'na amser da'n siŵr o ddigwydd, a ninnau yn ei chanol hi gyda nhw.

Ar ôl symud i fyw o adre, roedd dod adre at Mam a Dad adeg Dolig wastad yn amser arbennig, yn gyfle i ymlacio, i anghofio am waith a chael rhoi traed lan yng nghwmni fy rhieni. Ro'n i arfer eistedd gyda Mam a Dad, cael Baileys bach, a gwylio rhywbeth diddorol ar y teledu. A dweud y gwir, doedd dim rhaid iddo fod yn ddiddorol hyd yn oed, ro'n i'n aros ar ddi-hun am oriau ar ôl i fy rhieni fynd i gysgu yn gwylio beth bynnag oedd mlaen; hen *Top of the Pops* o'r amser cyn i fi gael fy ngeni, rhaglenni dogfen am drenau, ffilmiau du a gwyn fydde ond yn cael eu hailddarlledu ar yr adeg hon o'r flwyddyn, neu ryw glasur o archif S4C am un ar ddeg y nos.

Bydde amserlen rhaglenni'r teledu a'r radio dros yr ŵyl yn un gwbl wahanol i weddill y flwyddyn ac yn gyfle i fi golli fy hun mewn pob math o bethe fydden i byth fel arfer yn eu gwylio neu'n gwrando arnyn nhw. Amserlen wahanol i ni'r gwylwyr a'r gwrandawyr oedd, am rai dyddiau, yn byw ar amserlen ddiamser wahanol ein hunain. Weithie roedd fel petasai'r amserlenwyr teledu wedi dweud, 'Digon yw digon, fydd neb yn gwylio beth bynnag, nawn ni roi'r peth-a'r-peth ymlaen.' Ond weithie mi fydde hen ffefrynnau ymlaen, fel y ffilm animeiddiedig *Siôn Blewyn Coch*, neu *Y Dyn 'Nath Ddwyn y Dolig* gan Hywel Gwynfryn a Caryl Parry Jones, oedd yn ffilm hollol hudolus. Ro'n i'n ofni Mordecai, yn caru'r caneuon ac yn joio Emyr Wyn yn rapio.

Daeth fy obsesiwn â recordiau Nadolig i amlygrwydd ar ddechrau'r mileniwm newydd. Roedd angen caneuon Dolig i chwarae ar raglenni radio, ac felly dyma ddechrau hobi hyfryd o chwilio am records Dolig ym mhobman ro'n i'n mynd. Mae'n syndod faint o siopau recordiau sydd â bocs o records Dolig o dan y cownter ganol mis Mehefin, a pha mor barod yw'r gwerthwr i gael gwared â chymaint ohonyn nhw ag sy'n bosib am bris resymol.

Mae 'na hud a lledrith i ganeuon trist ar yr adeg hon o'r flwyddyn. Mae 'Noson oer Nadolig' gan Meic Stevens ar ben y rhestr, cân hynod o bert. Mae'r albym jazz gan y Vince Guaraldi Trio, *A Charlie Brown Christmas*, hefyd yn ffefryn wrth lapio presantau, neu ddechrau lapio presantau, a 'bach o Michael Bublé yn ogystal; 'Clychau Nadolig' Tony ac Aloma ac, wrth gwrs, The Pogues gyda Kirsty MacColl, a'r ddeuawd fythgofiadwy honno gan dalent unigryw sydd wedi ein gadael ni bellach. 'Fairytale of New York' yw fy hoff gân Nadolig, heb os.

Pa rai yw fy hoff records Dolig? Mae'n anodd dewis. Rhwng y band Low, Tony ac Aloma, Johnny Cash a Sufjan Stevens, mae 'na ddigon i gadw fi fynd ar y tonfeddi ac adre. Ond fydda i ddim yn gwrando arnyn nhw cyn mis Rhagfyr. A dydw i ddim yn bwyta sgampi a *chips* oni bai am noswyl Nadolig chwaith.

11

ANGHARAD
PENRHYN JONES

LLINYN CYSWLLT

Hawdd yw byw ein bywydau o ddydd i ddydd yn gaeth i'n meddyliau a'n rhestrau, ar awtobeilot. Weithiau mae fel petaem yn byw mewn byd du a gwyn, pob dydd yn blasu yr un fath. Ond os ydym yn ddigon ffodus i gael dathlu'r Nadolig mewn cartref clyd gyda danteithion ac anrhegion, mae yna ran ohonom sy'n deffro yn ystod y cyfnod hwn, a'r lliw yn dychwelyd i'n bywydau. Heddiw, wrth sgwennu, mae hi'n ddiwrnod addfwyn o wanwyn, ond os ydw i'n cau fy llygaid am funud fach, gallaf glywed arogl selotep yn siarp yn fy ffroenau, sŵn papur lapio yn cael ei rwygo gan ddwylo bach brwdfrydig, teimlo pwysau melys taffi ar fy nhafod. Teimlaf nodwyddau pigog coeden binwydd yn cosi fy nghroen wrth i fi estyn am anrheg, gwelaf orenau a lemonau wedi eu pentyrru mewn powlen ar fwrdd y gegin, mor llachar a sgleiniog â'r addurniadau ar y goeden. Clywaf sŵn corcyn yn cael ei dynnu o botel win, a rhuo chwerthin wrth i rywun geisio dyfalu'r *punchline* i jôc echrydus y cracer, fy nannedd yn suddo i daten rost seimllyd, hallt.

Efallai fod aelodau o'r teulu yn ffraeo am y twrci, oes angen ei adael yn y popty am bum munud arall ai peidio, neu efallai ein bod yn teimlo fel petaem yn camu ar rew tenau wrth sgwrsio o amgylch y bwrdd, y sgwrs yn gwrtais ar yr wyneb, y gwrthdaro i gyd yn digwydd o dan yr wyneb. Efallai ein bod yn bwyta ein cinio Dolig ar ein pennau ein hunain, heb neb yn bresennol i dynnu pen arall y cracer. Ond ychydig iawn ohonom – oni bai ein bod yn perthyn i draddodiad crefyddol gwahanol neu ein bod yn chwyrn wrth-Gristnogol – sy'n dewis peidio â dathlu. Dwi'n amau fod hyn nid yn unig am ein bod yn reddfol lynu at draddodiadau mewn byd cynyddol brysur ac ysbrydol wag, ond hefyd am ein bod yn ysu am gael cyffwrdd, blasu ac arogli pethau, yn dymuno bod yn greaduriaid synhwyrus yng nghanol y gaeaf noethlwm, ac am ein bod yn dymuno teimlo'n rhan o brofiad torfol, yn yr un cwch â phawb arall, pob un ohonom yn gorfodi'n hunain i fwyta sbrowts wedi eu gorgoginio – am ei bod hi'n Ddolig.

★

ANGHARAD PENRHYN JONES

Un dydd Nadolig fe fues i a fy chwaer, Sara, yn ffilmio dau ddyn ifanc digartref ar gyfer rhaglen ddogfen deledu. Sgwat ym Mhorthaethwy, Ynys Môn, oedd eu cartref dros dro. Roedden nhw'n chwistrellu heroin, fel yr arfer, ac yn llosgi dillad o sgip Byddin yr Iachawdwriaeth er mwyn cadw'n gynnes. Er gwaetha'r amgylchiadau erchyll hyn, yn y pnawn cawsom ein hunain yn ffilmio'r ddau'n eistedd ar fainc ar y bryn ym Mangor yn edrych allan dros y Fenai, yn canu'r gân 'Chitty Chitty Bang Bang'. Yn y foment honno, roedden nhw'n dathlu, yn llawen, ac wedi ffurfio llinyn cyswllt â'r teuluoedd dosbarth canol oedd wrthi'n yfed Prosecco drud o flaen eu ffilm Nadolig ar y teledu, dim ond tafliad carreg i ffwrdd.

★

Weithiau, pan dwi'n sôn wrth bobl fod fy mam yn dod o Wlad y Saami, maen nhw'n edrych arnaf yn amheus. Ond do, fe gafodd Mam ei magu yng nghynefin Siôn Corn, 100 cilometr i'r gogledd o Gylch yr Arctig yn Sweden, o dan yr *aurora borealis*. Ac fe fewnforiodd hi draddodiadau Llychlynnaidd i'n cartref yn Helygain yn Sir y Fflint. Yn Sweden, mae dathliadau'r Nadolig yn dechrau ar yr Adfent cyntaf. Dros yr ŵyl, byddai arogl y gwin poeth (*glögg*) oedd yn cynhesu ar y stof yn llenwi'r tŷ â sawr orenau a chlofs a chardamom. Byddai'r arogl ei hun yn ddigon i wneud rhywun yn simsan. Byddem yn cael pwdin reis trwm, melys (*risgrynsgröt*) i setlo'r stumog ar noswyl Nadolig, ei flas sinamon yn cysuro. (Yn ddiweddar darganfyddais mai 'canel' yw'r hen air Cymraeg am sinamon, sy'n debyg i'r Swedeg: *kanel*.) Roeddem yn rhan o gymuned fechan o bobl Swedeg yn ein patsh ni o'r sir, a byddem yn mynd at deulu yn Nhreffynnon bob blwyddyn i adeiladu tŷ sinsir hynod bensaernïol soffistigedig, gan ludo pob dim at ei gilydd â siwgwr wedi ei garameleiddio, yna gwasgaru eira dros y cyfan ar y diwedd gan ddefnyddio siwgwr eisin.

Cyn hynny, ar y 13eg o Ragfyr, byddem yn teithio i'r eglwys Nordig yn Lerpwl i ddathlu gŵyl Santes Lucia â chriw o blant eraill. Yr uchafbwynt oedd cael bwyta llond gwlad o *lussekatter* – 'cathod Lucia' – byns euraidd wedi eu pobi â saffrwm a'u pobi ar siâp 'S', fel cath yn cysgu. Byddem yn gwisgo cobanau gwynion, tinsel arian am ein canol, a'r cŵyr o'r gannwyll roedden ni'n ei chario yn diferu i lawr ein dwylo wrth gamu trwy'r eglwys yn canu'r caneuon traddodiadol. (Yr her fwyaf fyddai osgoi rhoi gwalltiau'r merched eraill ar dân oherwydd roedd yr holl *hairspray* yn ein gwneud yn beryglus o ymfflamychol.) Un flwyddyn cafodd Sara y fraint o gynrychioli santes y goleuni, ac edrychai fel angel, y ferch benfelen â thorch o ganhwyllau ar ei phen.

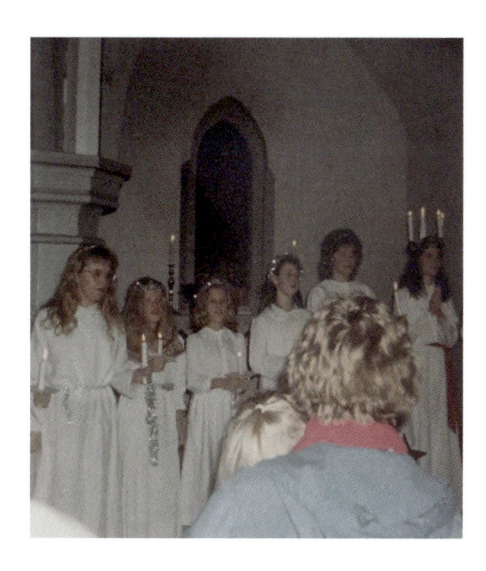

Byddem yn dathlu'r Nadolig Cymreig ar y 25ain o Ragfyr, ond y diwrnod cynt, sef diwrnod Dolig yn Sweden, byddai *smörgåsbord* o fwydydd Swedeg yn ymddangos ar ein bwrdd: peli o gig porc ac eidion; bresych coch wedi'i goginio ag afalau a sbeisys, clofs a sinamon; ham wedi ei ferwi adref am oriau maith a'i daenu â chrystyn o friwsion a mwstard a'i addurno â chlofs; a *sill*, sef penwaig wedi eu piclo. A *gravadlax*, wrth gwrs, sef eog efo halen, lemwn a dil, ynghyd â'r bara Nadolig arbennig, bara rhyg â'i flas had anis a ffenigl unigryw.

Llafur cariad oedd hyn ar ran fy mam, wrth gwrs. Weithiau dwi'n amau fod bwyd, yng ngwledydd gogledd Ewrop, yn fodd nid yn unig i oroesi'n feddyliol trwy aeafau oer a thywyll a hir, ond yn ffordd o fynegi cariad nad yw'n hawdd i'w fynegi mewn geiriau. Dwi'n dal yn berchen ar lyfr o ryseitiau fy mam a sgwennwyd â llaw ac a roddwyd i mi cyn imi adael am y brifysgol; dwi wedi ychwanegu at y ryseitiau ers hynny. Nid yw emosiwn yn llifo rhwng pobl yn Sweden mewn ffordd amlwg; ar lefel arwynebol mae'r bobl, yn ogystal â'r hinsawdd, yn medru bod yn oeraidd. Ond mae'r bwyd, a'r cariad gaiff ei dywallt i'r bwyd, yn cynhesu pawb, yn iaith yn ei hawl ei hun. Mae Mam, fel mae'n digwydd, yn ieithydd sydd â dawn geiriau, ond roedd hi hefyd yn mynegi ei chariad trwy roi'r bwyd ar y bwrdd, fel offrwm sanctaidd, ac roeddem ninnau'n mynegi ein cariad trwy fwyta a gwerthfawrogi'r bwyd. A dyma mae'r Nadolig yn ei olygu i fi, yn y bôn, yn ogystal â bod yn wledd i'r synhwyrau. Mae'n fodd i stopio'r cloc, am ennyd fach, cyn blwyddyn newydd o brysurdeb gwallgof. Mae'n gyfle i deimlo'r cariad a'r cysylltiad sydd rhyngom i gyd – boed yn absennol neu'n bresennol; boed yn deulu o gyfoethogion yn eu tŷ crand, neu'n ddau gyfaill digartref yn canu ar ben y bryn.

ANGHARAD PENRHYN JONES

RISGRYNSGRÖT – PWDIN REIS MAM

Mae'r pwdin blasus hwn yn debyg i uwd o ran ei ansawdd. Mae'n gweithio fel danteithyn sawrus heb siwgwr, ond defnyddiwch siwgwr sinamon i'w felysu i siwtio'ch dant chi.

Cynhwysion

175g reis *short-grain*
400ml dŵr
1 ffon sinamon
½ llwy de o halen
Tua 700/750ml llefrith
Siwgwr a phowdr sinamon i flasu

Dull

Cymysgwch y reis, ffon sinamon, dŵr a halen mewn sosban. Ar ôl i'r cymysgedd ferwi, coginiwch am 10 munud pellach ar wres isel efo'r caead ymlaen.

Ychwanegwch y llefrith a throi'r cwbl. Gadewch i'r cymysgedd ferwi unwaith eto, cyn gadael iddo fudferwi ar dymheredd isel efo'r caead ymlaen am 30–40 munud, nes bod y reis wedi amsugno'r llefrith. Efallai y bydd angen troi'r cymysgedd bob hyn a hyn fel nad ydi o'n glynu wrth waelod y sosban. Os ydi'r uwd yn rhy denau, gadewch iddo goginio'n hirach, nes mae'n tewychu. Os ydi o'n rhy drwchus, gellir ychwanegu mwy o lefrith a throi'r cymysgedd.

Pan mae'n barod, rhowch y sosban i un ochr a gadael i'r cymysgedd oeri ychydig am 10 munud efo'r caead ymlaen.

Dylid ei weini'n llugoer a gellir ychwanegu ysgeintiad o siwgwr a sinamon fel y dymunir.

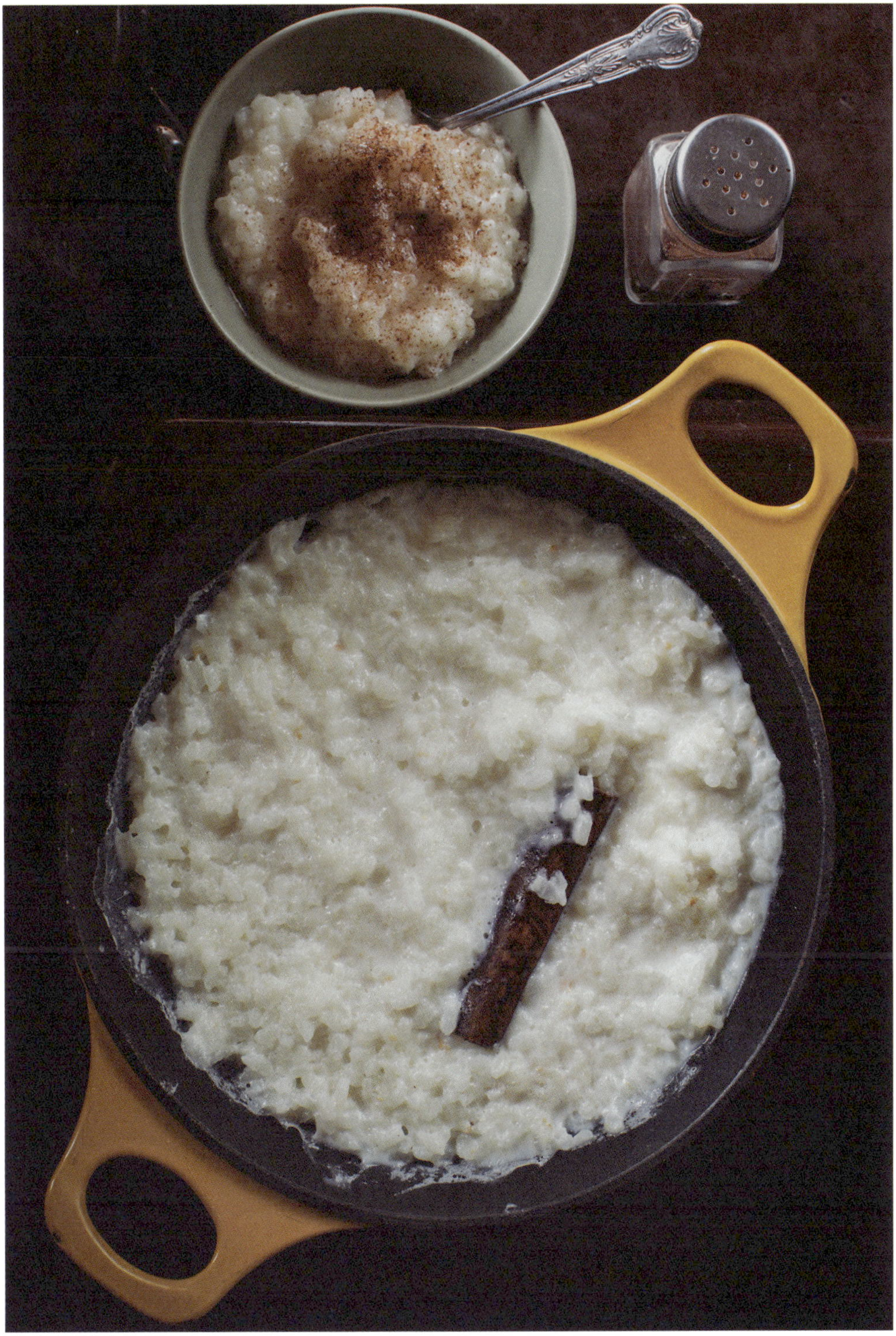

12

MYFANWY ALEXANDER

AR GYFER HEDDIW'R BORE

Ces i fy magu'n rhan o deulu mawr, digon mawr i hawlio'r disgrifiad manwl gywir o 'llond tŷ'. A chan mai fi oedd y cyw bach melyn ola, ges i fwynhau'r bwrlwm a hwyl heb smic o gyfrifoldeb. Felly i ddechrau, pan dwi'n cofio Nadolig fel plentyn, rhaid i mi geisio meddwl pwy yn union oedd o dan ein to ar noswyl Nadolig. Dychmygwch ffermdy bric Fictoraidd dan ei sang: Mam a Dad, wrth gwrs; fy chwaer hynaf Julia, adre o'i fflat yn Llundain; fy mrawd Martin a'i wraig Jill, mam Jill, a Michael, fy nghefnder, fu'n byw efo ni ar ôl i'w rieni symud i Hong Kong; fy mrawd Rupert; tair chwaer – Anthea, Clare a Helen – a finne … O … a Marie-Noelle, ein *au pair* o'r Swistir … a Marie Josee, chwaer Marie-Noelle. Daeth hi ar ei gwyliau rhyw dro dros yr haf, cymryd ffansi at Rupert, ac aros. A dim ond y bobl oedd yn aros dros nos oedd y rhain. Ar y diwrnod mawr ei hun, yn dilyn traddodiad Mam, roedd croeso i unrhyw un ymuno efo ni; rhai unig, rhai sâl, neu bobl oedd efo teulu dramor, fel Angelique o Madeira, dynes wnaeth Mam ei hachub o gaethwasiaeth fodern, ond stori arall yw honno.

Fel teulu Catholig, er traddodiad Calfinaidd Dad, cyfnod tawel oedd yr Adfent i fod; Grawys y gaeaf go iawn, efo ymprydio a gwasanaethau i'n hybu ni i baratoi ar gyfer geni Iesu. Felly roedd cymaint i'w wneud wedi i dymor Nadolig gyrraedd go iawn, sef yn syth ar ôl yr offeren ganol nos ar noswyl Nadolig. Roedd Dad yn mynnu codi 'ei' goeden Nadolig cwpl o ddyddiau yn gynt – un fawr llawn pethau plastig oedd honno – tra byddai Mam yn codi coeden fach wen, efo sawl colomen arni, a hynny funud olaf, yn union wedi hanner nos. Roedd Mam fel storm eira rhwng tua dau a phump o'r gloch y bore ar ddydd Nadolig, yn lapio anrhegion, addurno'r tŷ efo celyn ac – yn fwy na dim – yn rhoi'r eisin ar y gacen. Bob blwyddyn, byddai'n rhoi haen lefn o eisin arni'n syth ar ôl cyrraedd adre o'r eglwys yn llawn egni ac ewyllys da i bob dyn. Wedyn, wrth iddi wneud tasgau eraill, byddai'n gadael y gacen i sychu. Tio Pepe fyddai'r tanwydd i'w chadw hi ar ei thraed drwy'r nos. Tua phedwar o'r gloch y bore, byddai hi'n mynd 'nôl at y gacen, cyn sylwi'n ddi-ffael fod y templed ar goll. Byddai patrwm Seren Dafydd yn addurno ein cacen Nadolig bob blwyddyn, a phob blwyddyn byddai Mam yn fy neffro i o 'nhrwmgwsg, i ofyn am set geometreg i greu siâp y seren efo cwmpawd.

MYFANWY ALEXANDER

Wedi noson mor heriol, byddai angen bore tawel ar Mam ac, yn ffodus, byddai fy nhad hefyd yn gwneud ei siâr. Ges i fy ngeni ar y 23ain o Ragfyr, a Mam heb baratoi o gwbl at y coginio tymhorol y flwyddyn honno. Fel arfer cyn geni plentyn, byddai'n picio lan staer am gwpl o oriau, wedyn dod lawr efo babi newydd ar ei chlun, yn barod i drefnu swper. Ond efo fi, roedd rhaid iddi fynd i'r ysbyty, gan adael fy nhad – oedd erioed wedi paratoi brechdan gaws cyn hynny hyd yn oed – i greu cinio rhost a'r trimins i gyd ar gyfer dwsin o bobl. Ar brynhawn Dolig ar ôl fy ngeni, daeth y tylwyth cyfan i'r ysbyty at Mam a finnau, efo'r nyrsys yn ceisio'u rhwystro gan ddweud: 'Dim ond teulu agos.' Ond teulu agos oedden nhw i gyd. Pob un yn daer i weld eu mam a'u chwaer fach newydd. Gofynnodd Mam sut oedd y cinio gan ddisgwyl y byddai pawb yn gwrtais am ymdrechion Dad. Ond er mawr syndod iddi hi, fe wnaeth pawb ganmol sgiliau Dad i'r nefoedd, gan ddisgrifio'r cinio gorau erioed. O hynny ymlaen felly, Dad fyddai'n paratoi pob cinio Dolig wedyn. Ac roedd yn giamstar arni hefyd, yn paratoi am ddyddiau cyn y diwrnod mawr, ac yn ychwanegu pethau bach yn ara deg i geisio creu gwledd oedd yn ddigon da i gyrraedd safonau uchel Mam.

Byddai'n hanner berwi'r pannas cyn eu rhostio nhw mewn menyn a cherfio croes ar ben-ôl bob sbrowtsen i sicrhau y byddai pob un yn coginio ar yr un pryd, dysgodd ychwanegu hanner llwy de o bicarb at y bresych i gadw'r gwyrddni delfrydol, dyna rhai o'i gyfrinachau. Roedd ei bannas yn chwedlonol: dwedodd fy mrawd yng nghyfraith o'r Eidal: 'Does gennym ni ddim byd tebyg yn yr Eidal, fatha moron melyn melys, maen nhw'n flasus tu hwnt.'

Fel Jacobiaid, doedden ni byth yn gwrando ar yr araith ar y teledu gan 'un o'r Almaenwyr di-chwaeth', felly os byddai tipyn o olau dydd yn weddill ar ôl y pwdin, byddai pawb yn mynd am dro yn griw. Dwi'n cofio un tro pan oedd cryn dipyn o eira, i fy chwaer Clare greu cerflun eira o'r Forwyn Fair cyn i bawb ddisgyn yn swp o flaen y teledu, gan gytuno mai *Morecambe and Wise* oedd y rhaglen orau erioed, a darnau o gacen yn ein dwylo efo eisin hyfryd â blas lemwn yn torri drwy'r siwgwr. Ac wrth i mi sleifio i'm llofft yn gobeithio na fyddai neb yn cofio diffodd y golau, roedd y rhai hŷn yn torri brechdanau twrci ac yn trafod rhyfel Fietnam.

Yn ystod cyfnod yr ŵyl, roedden ni fel arfer yn mynychu o leiaf un gwasanaeth plygain. I fi, sydd o dras crefyddol cymysg oedd weithiau'n teimlo fel petai'r diwygiad yn cael ei ailadrodd dros bob cinio Sul, roedd y plygain yn gyfle unigryw i ddathlu fy hunaniaeth gyflawn. Achos er mai mewn capel bach Fictoraidd yr oedden ni'n ymgynnull, roedd rhai o'r hen garolau, yn enwedig 'Myn Mair', yn ymestyn yn ôl i'r cyfnod pan oedd Brenhines y Nefoedd dal ar ei phedestal yng Nghymru. Dwi'n dal i feddwl am wasanaeth plygain fel un o gerrig milltir fy mlwyddyn. A dwi'n dal i synnu ein bod ni'n anghofio pa mor wyrthiol, radical a hynod yw hyn: fod rhai o'r caneuon wedi goroesi a'u trosglwyddo o'r cyfnod pan oedd o'n anghyfreithlon i'w canu nhw. Pa mor bwysig allai gân fod os wyt ti'n dal i'w dysgu hi i dy blant, er y gallet ti gael dy ddienyddio am ei chanu?

Pan oeddwn i'n magu fy nheulu mawr fy hun, mi drosglwyddais rai o draddodiadau fy mhlentyndod iddyn nhw, ond roedd rhaid newid hefyd. Fel rhiant oedd yn prynu'r anrhegion, a hefyd yr un oedd yn paratoi'r bwyd, roedd hi wastad yn her i amseru'r broses o goginio ac agor yr anrhegion yn iawn. Yn y pen draw, dyma ni'n creu amserlen ymarferol: doedd neb yn cael agor yr anrheg 'go iawn' tan ar ôl yr eglwys, ond mi allen nhw bori drwy eu hosanau. Hyd heddiw, mae fy merch yn mwynhau cynnwys yr hosanau yn fwy nag unrhyw beth arall, a dwi wastad yn chwilio am ddanteithion bach ar eu cyfer, yn cynnwys gwahanol fathau o Halen Môn a photeli bach o jins Aber Falls erbyn hyn.

Y ddadl fwyaf wastad yw, 'twrci neu ŵydd?' Mae pawb yn hoffi gŵydd ond, fel dwedodd hen ffrind teulu, 'Aderyn efo cryn dipyn o strwythur yw gŵydd,' sy'n ffordd gwrtais o ddweud 'does dim llawer o gig ar yr esgyrn'. I fi, un o'r pethau gorau oll am Ddolig yw'r dyddiau sy'n dilyn, efo llwyth o gig oer, stwnsh a phicl – a does dim llawer o ddim byd ar ôl ar yr ŵydd erbyn gŵyl San Steffan. Bellach, mae'r broblem wedi'i datrys achos dwi'n gyfeillgar iawn efo pobl sy'n magu twrcïod Dolig, felly dwi'n hynod o ddiolchgar i dderbyn un yn rhad ac am ddim ganddyn nhw.

MYFANWY ALEXANDER

Un o'n traddodiadau newydd ni fel teulu yw'r ham maint plentyn dyflwydd: yr unig ffactor sy'n cyfyngu ar faint yr anghenfil yw maint y sosban sydd ar gael i'w ferwi. Ar ôl ei ferwi am oriau, dwi'n cymysgu sudd oren a siwgwr brown efo garlleg, halen a chlofs er mwyn rhoi sglein arno cyn pobi am dipyn dros hanner awr. Yr her yw cadw digon i fwyta'n oer, achos mae mor flasus yn dwym.

Yn ystod fy mhlentyndod, roedd pawb yn derbyn pob traddodiad heb gwestiwn, ond dwi'n falch fod pethau wedi newid. Bob blwyddyn, byddwn i'n gweithio'n galed i wneud pwdin Dolig, a finne'n ymwybodol o'r ffaith nad oedd neb yn hoffi ffigys, a bod un o'r merched yn casáu croen candi. Yn y pen draw, roedd wastad tri chwarter neu fwy o'r pwdin ar ôl ar noswaith Nadolig. Felly gofynnais, yn blwmp ac yn blaen, 'Ydach chi'n hoffi pwdin Dolig?' Roedd yr ymateb yn glir ac yn unfrydol yn y negyddol. Dwi wedi darganfod rysáit am bwdin Dolig hufen iâ, ac ers hynny, 'dan ni wastad yn cael pwdin yn syth o'r rhewgell yn hytrach nag o'r sosban stemio, ac mae hyn yn llawer haws.

Dan ddylanwad y *Bake Off* gwpl o flynyddoedd yn ôl, gofynnodd un o'r merched am *show-stopper* hufen iâ. Erbyn hyn, mae'n ffefryn, sef cacen hufen iâ efo sawl haen, o leiaf tri blas gwahanol. Mae blas fanila'n hynod o boblogaidd yn y tŷ yma ac mae'r gwahaniaeth rhwng hufen iâ fanila cartref ac unrhyw beth sydd yn y siopau yn anferthol. Mae blas pralin hefyd yn wych, ond cofiwch, gall unrhyw hufen iâ efo cnau ynddo fod yn drwm o ran ei bwysau, felly defnyddiwch y pralin fel sylfaen ac adeiladwch ar ben hwn. Mae hufen iâ blas coffi efo bisgedi Amaretti ynddo'n dda, efo licer Amaretto hefyd os ydi hynny'n siwtio'r bobl dach chi'n eu bwydo. Mae'r gacen hufen iâ hon yn gallu bod yn Nadoligaidd tu hwnt, efo blasau megis cnau castan a ffrwythau, neu mi fedrwch chi anwybyddu'r tymor yn llwyr. Dwi wedi treulio dydd Nadolig fel gwestai efo ffrindiau cwpl o weithiau, a does dim byd gwell fel cyfraniad i'r miri na chacen hufen iâ, rhywbeth nad oes angen ei goginio ac sydd hefyd yn hawdd ei gludo. Es i â bowlen mawr o hufen iâ pralin bob cam o Lanfair Caereinion i Landeilo ryw dro, ac roedd o'n iawn ar ben y daith wedi i mi ei lapio mewn blanced.

I fi felly, mae'n adeg i ddefnyddio'n traddodiadau'n greadigol er mwyn dathlu Dolig sy'n adlewyrchu ein bywydau go iawn, yn hytrach na rhyw freuddwyd fasnachol o hysbyseb John Lewis. Efallai, yn lle bod yn gaeth i'r gorffennol, y peth mwyaf chwyldroadol i'w wneud dros y Nadolig yw dewis pa draddodiadau sy'n bwysig, ac anwybyddu'r lleill.

Cerfia slabyn o ham i ti dy hunan, cymer wydraid o jin mwyar duon, neu rywbeth tebyg, ac ymlacia, ti'n haeddu hoe yn ystod yr ŵyl.

MYFANWY ALEXANDER

HUFEN IÂ PRALIN

Cynhwysion

85g gnau almwn
85g siwgwr bras (*crystal*)
4 wy
115g siwgwr mân
¾ peint o hufen dwbl

Dull

Rhowch y cnau almwn, yn dal efo'u crwyn, mewn sosban fach efo'r siwgwr bras. Cynheswch dros wres ysgafn nes i'r siwgwr droi'n frown euraid, yna ei arllwys ar bapur pobi wedi'i iro a'i adael nes y bydd wedi caledu ac oeri. Gyda morthwyl stêc, rholbren neu felin sbeis, malwch a thorri'r pralin yn ddarnau mân. Ie, yn union fel cyflaith.

Gwahanwch 4 wy a chwipiwch y melynwy gyda'r siwgwr mân nes bod y cymysgedd yn drwchus ac yn ysgafn ei liw. Chwipiwch yr hufen dwbl nes ei fod yn drwchus a'i blygu mewn i'r cymysgedd melynwy.

Chwipiwch y gwynnwy nes eu bod yn gopaon meddal, yna plygwch y gwynnwy yn gyntaf, ac yna'r pralin, i gymysgedd y melynwy a hufen.

Arllwyswch y cymysgedd i unrhyw gynhwysydd, fel hen dwb marjarîn, i'w rewi. Nid oes angen peiriant hufen iâ. Oherwydd bod y pralin yn drwm, mae'n helpu i droi'r cymysgedd sawl gwaith wrth iddo rewi.

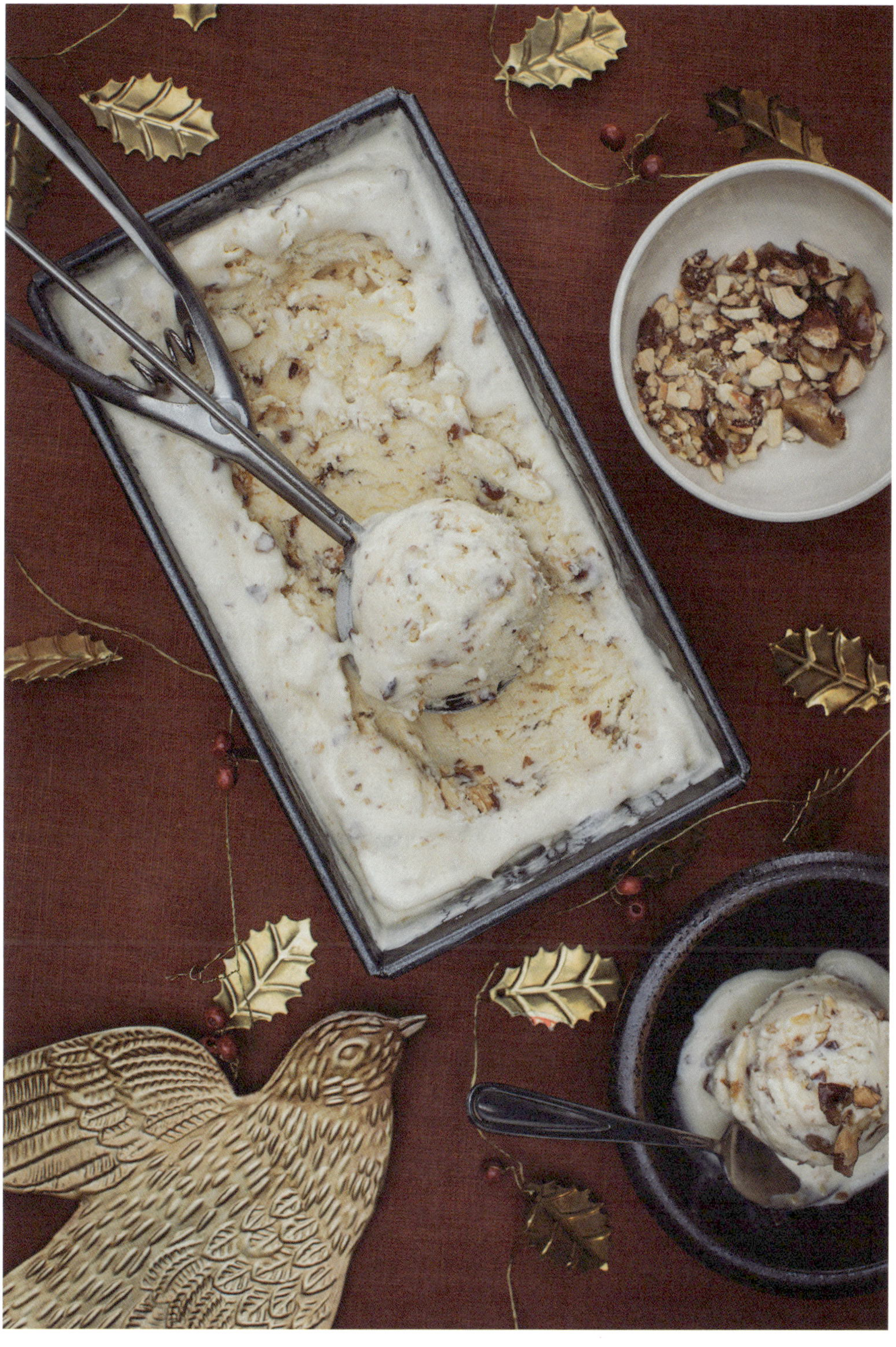

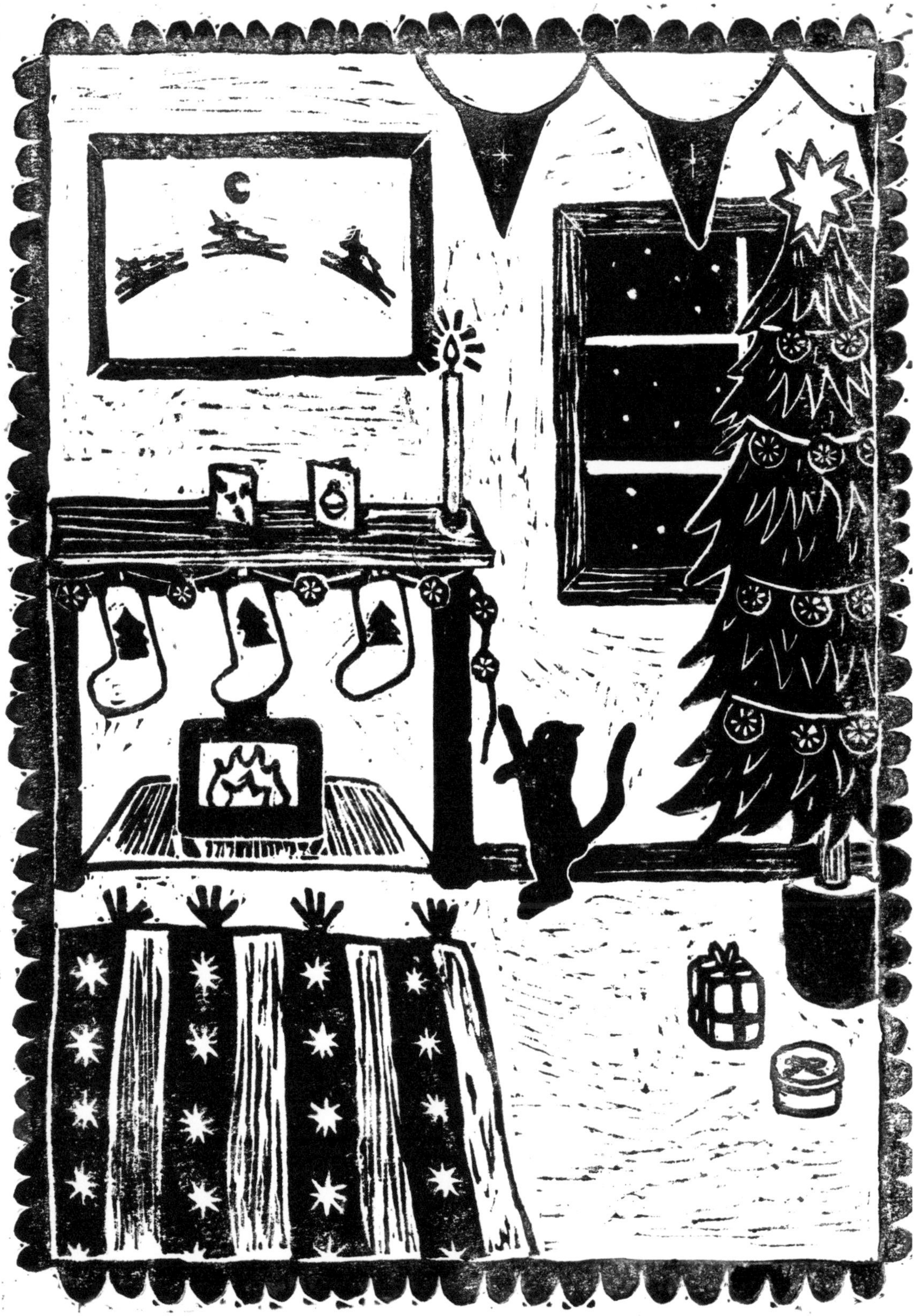

13

DELYTH BADDER

HUD A LLEDRITH AR FORE NADOLIG

'Ydi o 'di bod eto ...?'

Y geiriau cyntaf i dywallt o wefusau glafoeriog dwy chwaer fach wrth iddynt faglu i lawr y grisiau ar fore Nadolig yn Llwynhudol, Pwllheli, *circa* 1993.

Oedd, roedd rhywun yn sicr wedi bod, a sôn am lanast! Olion traed bwtsias mwdlyd yn trepsian drwy'r ystafell fyw, briwsion gweddillion mins pei wedi eu gwasgaru'n farus dros y silff ben tân, a darnau o foron a blew rhyw anifail anhysbys yn arnofio mewn powlen ddŵr ger y stepan drws cyfagos. Dwi'n cofio'r olygfa fel petai'n ddoe, a'r syndod fod Santa nid yn unig wedi bod, ond wedi *dinistrio'r carpedi*.

'Mae'n rhaid ei fod wedi bod ar frys mawr,' ochneidiai Mam, ar ei glinia'n golchi'r gwaethaf o'r baw ymaith, tra bod Dad yn prysur daclo'r briwsion efo'r sugnwr llwch. 'Bydd rhaid i mi sgwennu llythyr at y cnaf i ddeud wrtho i fod yn fwy gofalus flwyddyn nesaf – neu fydd 'na ddim croeso yma eto!'

I fy chwaer a minnau, dyma i chi un ennyd fer o orfoledd pur plentyndod, wedi ei sodro'n dynn yng nghof y ddwy ohonom hyd heddiw. Dyma dystiolaeth tu hwnt i unrhyw amheuaeth fod Santa Clos a Rwdolff wedi galw heibio'r noson gynt. Nid ôl traed welingtons maint 10 fy nhad oedd wedi baeddu'r carpedi, na blew coch Ben y ci oedd yn arnofio yn y bowlen ddŵr tu allan, roedd hynny'n sicr. Pylu'n angof wnâi'r holl anrhegion a'r gwledda wedi hynny, ond mae'r cynnwrf a deimlwn wrth wybod fod rhyw hud a lledrith *wir* yn bodoli wedi dod yn un o fy hoff atgofion, nid yn unig o'r ŵyl ei hun, ond o fy mhlentyndod cyfan.

Mae enghreifftiau dirifedi tebyg o fy rhieni yn ymdrechu bob blwyddyn i ddod â rhyw fymryn o hudoliaeth ychwanegol i'r Nadolig – ac yn wir i bob diwrnod o'n plentyndod – yn ddi-os wedi llywio fy siwrnai drwy'r byd. Nid cyd-ddigwyddiad yw hi fy mod bellach yn gweithio fel llên-gwerinydd, yn ymchwilio i hud a lledrith Cymru gyfan. Ac nid oes yna amser llawer gwell o'r flwyddyn i edrych am yr hud hwnnw nag yn ystod cyfnod y Nadolig.

Mae enghraifft berffaith i'w ganfod yn nhraddodiad Siôn Corn ei hun. Daw'r cyfeiriad ysgrifenedig cyntaf ato yn 1922 yn y gân adnabyddus honno, 'Pwy sy'n dŵad dros y bryn', wedi ei chofnodi gan John Glyn Davies yn ei gyfrol o siantis môr, *Cerddi Huw Puw*. Noda Davies fod Siôn Corn – y Santa Clos Cymraeg – coblyn bach fyddai'n byw yn simdde corn eu cartref yn Lerpwl, yn clustfeinio drwy'r flwyddyn i weld a oedd o a'i frodyr yn bihafio. Roedd yn greadur bach goruwchnaturiol digon gwahanol i'r Santa Clos arferol!

Ac os am edrych am greaduriaid Nadoligaidd mwy arallfydol, does dim profiad tebyg i ddod wyneb yn wyneb â'r Fari Lwyd, yn gorwynt o rubanau amryliw a chlychau am ei phenglog ceffyl haerllug. Dyma greadigaeth sy'n gysylltiedig yn bennaf â thraddodiadau Hen Galan y de yn ystod ail hanner y bedwaredd ganrif ar bymtheg, ond yn cael ei chofnodi ar ryw lun am y tro cyntaf gan y Parchedig John Evans ym Môn yn 1798.

Mae'n enghraifft o'r traddodiad mwy cyffredinol Prydeinig o waseilio sydd hefyd, ac yn benodol yng Nghymru, yn cynnwys canu caneuon, yr hyn fyddai'n cael ei alw'n ganu gwirod, canu tan bared, canu gwylie neu bricsiwn. Daw cymunedau ledled Cymru at ei gilydd i Hela'r Dryw yn fynych bob blwyddyn, ar nos Ystwyll gan amlaf, ble fyddai corff yr aderyn anffodus yn cael ei gludo drwy'r plwyf ar elor addurnedig – traddodiad y cyfeirir ato am y tro cyntaf mewn cerddi o'r bedwaredd ganrif ar ddeg yn llawysgrif Llyfr Coch Hergest.

Os am dosturio ffawd y dryw yn nwylo ein cyndadau, yna mae gwiwerod Llanwynno yn llawn haeddu ein cydymdeimlad hefyd. Disgrifiai'r Parchedig Thomas Evans (neu Glanffrwd fel y'i adnabyddwyd orau) yn ei ffordd ddihafal ei hun y wefr o erlyn y creadur druan drwy'r coed ar ôl mynychu gwasanaeth plygain ar fore Nadolig yn ei blentyndod, nes i'r wiwer golli stêm a disgyn o'i chlwyd ar ei phen i safnau hen Ship y ci.

Ac er efallai nad ydi'r syniad o hela wiwerod neu bwyso penglog ceffyl ar eich ysgwyddau at ddant pawb, mae yma enghraifft arall o hud a lledrith mwy cyffyrddadwy a real – a maddeuwch i mi am fynd rhyw fymryn yn *saccharine* am eiliad – sef y teimlad cynnes a chymharol brin hwnnw bellach o agosatrwydd cymunedol. Gresyn dweud mai colli'n cymunedau sydd wedi bod wrth wraidd dirywiad y nifer llethol o'r hen gredoau a thraddodiadau Cymreig yma, a hwythau wedi diflannu efo'r genhedlaeth gynt gan adael tyllau creadigol yn eu sgil, a diwylliant cymaint tlotach a diflasach o ganlyniad.

Calonogol, felly, ydi gweld ymdrechion rhai i adfywio ambell un o'r traddodiadau hyn yn ddiweddar, yn ogystal â chreu rhai o'r newydd. Cefais y fraint o brofi rhyw sbarc o hud a lledrith plentyndod eto wrth ymuno â siwrnai'r Fari Lwyd o dafarn i dafarn drwy strydoedd Llantrisant flwyddyn ddiwetha, ac yn ffodus does dim angen i neb deithio'n bell o'u cartrefi bellach i ymuno â chyngerdd plygain. Dengys y digwyddiadau uchod sut mae modd i'r traddodiadau hyn esblygu i oroesi'n llwyddiannus o fewn cymdeithas fodern gynhwysol, fel y mae'n ofynnol i bob arferiad neu lên gwerin eu hwynebu yn ystod eu hoes.

Ond efallai nad oes angen ymdrechion mor fawreddog ag adfywio traddodiad cymuned gyfan er mwyn gwneud lle i hud a lledrith ffynnu mewn byd sy'n gynyddol gyfalafol. Efallai mai'r oll sydd ei angen ydi pâr o welingtons mwdlyd maint 10 a rhyw fymryn o ddychymyg.

Gyda fy ngŵr a minnau newydd groesawu aelod newydd i'r teulu, dwi'n mawr obeithio y medrwn ni drosglwyddo'r profiadau swynol, diniwed hynny fues i mor ffodus o'u cael yn ystod fy mhlentyndod i'n mab ni. Ac efo unrhyw lwc a rhywfaint o gryfder ewyllys, gallwn ymestyn y teimlad hwnnw i'n cymdeithas ehangach ni yma ym Mhontypridd wrth i ni i gyd ddod at ein gilydd yn unllais brwdfrydig i ofyn:

'Ydi o 'di bod eto ...?'

14

ARWEL GRUFFYDD

BOB BLWYDDYN! OES RHAID?

Dwi ddim yn ffan mawr o'r Nadolig ... ond y mae fy mhartner. Alla i ddim dweud 'mod i'n casáu'r Nadolig, chwaith, wel, dim ond falle, pan fydd yr holl beth yn dechrau mynd yn drech efo dim ond dyddiau i fynd tan 'y diwrnod mawr'. Ond fynnwn i fyth daflu dŵr oer ar ben rhywbeth sydd wrth fodd calon yr un dwi'n ei garu! Pa fath o gymar fyddai'n gwneud hynny, wedi'r cwbl? Ac felly, mewn ymgais i adael i hwyl yr ŵyl ddod dros y rhiniog, dwi'n chwarae'r gêm, yn gwneud fy rhan, yn ildio ... cystal ag y bo modd.

Tasa fo'n cael ei ffordd ei hun, mi fasa Stephen yn dechrau gwneud trefniadau ar gyfer y Dolig nesa rhyw dro rhwng y pwdin plwm a'r After Eights. Ond mi rydan ni wedi cyrraedd rhyw fath o gyfaddawd wrth gytuno bod y 'C word' ddim i'w ynganu acw tan fis Gorffennaf ar y cynharaf, a thrwy gytuno hefyd i ddod ag un addurn coeden Nadolig adra efo ni o bob gwyliau, waeth pa bryd fydd y gwyliau hynny.

Yr hyn sy'n fy syrffedu neu'n fy mlino i fwyaf am y Nadolig yn y lle cyntaf ydi'r ffaith ei fod o'n digwydd bob blwyddyn. Pam na chawn ni, fel Cwpan y Byd neu'r Olympics, Ddolig bob pedair blynedd? Mi fydda i'n edliw yr holl baratoi blynyddol (heb sôn am y gost) ar gyfer rhywbeth sydd, i bob pwrpas, yn para dim ond diwrnod neu ddau. Yn ail, pam bod rhaid i *bob* Dolig fod yr un fath? Mi wn i mai dyna ei rinwedd, ei USP i lawer, yr elfen draddodiadol; yr un danteithion, yr un arferion, yr un caneuon. Ond plis, dowch inni dderbyn bod rhai o'r *traddodiadau* bondigrybwyll hyn wedi hen basio'u dyddiad terfyn. Dwi'n meddwl falle bod yna ddau fath o bobl yn y byd – rheini sy'n gwyro tuag at draddodiad, a rheini sy'n tueddu'n fwy tuag at newydd-deb. Dwi'n bendant yn yr ail gategori.

Os na fedrwn ni osod rheol 'pob pedair blynedd' ar y Nadolig (gan dderbyn y gallai hynny fod chydig yn broblematig), beth am inni o leiaf ymdrechu i fod yn ddyfeisgar, a *datblygu* y traddodiadau hyn, yn hytrach na'u dilyn yn slafaidd? Gwell fyth, beth am i bwyllgor yn rhywle, ryw Sanhedrin o Ddoethion Newydd, osod thema wahanol ar gyfer pob Nadolig, a ninnau wedyn yn ymateb i'r thema honno yn ein dathliadau? Dychmygwch. Cyhoeddiad! 'Y themâu ar gyfer

ARWEL GRUFFYDD

Nadolig y tair blynedd nesaf, yn eu tro, fydd: Y Gofod, Anifeiliaid Mytholegol, a Nofelau Mawr y Byd (ac eithrio *A Christmas Carol* – wrth reswm).'

Mae'n chwith gen i 'mod i'n teimlo fel hyn, i ryw raddau, a minnau'n cofio mor annwyl bob Nadolig o gyfnod fy mhlentyndod yn Nhanygrisiau, Blaenau Ffestiniog. Yr addurniadau, y bwyd a'r anrhegion lu. Ond wrth gwrs, roedd traddodiadau'r Nadolig yn newydd i mi bryd hynny, neu'n weddol newydd o leiaf. Bob blwyddyn, mi fydden ni'n gwrando ar y clasur hwnnw o albwm Nadolig, sef goreuon Nadoligaidd Nat King Cole a Dean Martin: 'Let it Snow', 'Rudolph the Red-Nosed Reindeer', 'Frosty the Snowman', a'r ffefryn ohonyn nhw i gyd, 'The Little Boy that Santa Claus Forgot'. Rhyfedd fel mae rhywun yn mwynhau crio, hyd yn oed adeg y Nadolig. A chof cerddorol ydi'r cof melysaf un o'r Nadoligau cynnar rheini, sef clywed y band pres lleol, seindorf yr Oakeley, yn canu carolau o dan ffenest fy stafell wely. Nid o reidrwydd yn arbennig i mi – er ei fod yn teimlo felly ar y pryd – ond oherwydd gyferbyn yn union â'n tŷ ni roedd polyn lamp, a chan fod angen golau stryd i ddilyn nodau 'Dawel Nos', 'I Orwedd Mewn Preseb' a'r ffefrynnau eraill i gyd, mi fyddai'r band yn aml yn aros yno i chwarae carol neu ddwy ar eu hymweliad blynyddol â'r pentref, cyn curo ar ddrysau'r tai cyfagos i gasglu arian.

Wedi dweud hyn oll, mae yna ambell beth am y Nadolig dwi'n ei fwynhau o hyd. Yn tŷ ni, fi fydd yn arwain ar addurno'r goeden bob amser, ac mi fydd yr addurniadau hynny'n rhai fyddwn ni wedi eu casglu o hwnt ac yma dros y blynyddoedd yn dod â thonnau o atgofion braf; yr aderyn amryliw o Zermatt, y belen Gaudïaidd o'r Sagrada Familia, a'r cerflun mwyaf delicét o Tinker Bell a deithiodd yr holl ffordd yn ddianaf o Disney World, ond a gollodd ei phen ryw Ddolig pan syrthiodd y goeden yn glewt i'r llawr. (Yn gam neu'n gymwys, y gath sy'n cael y bai am y gyflafan honno.) A heb os, mi fydda i'n mwynhau'r bwyd bendigedig gaiff ei osod ger fy mron. Wel, dwi wrth fy modd efo cinio dydd Sul, a chinio dydd Sul ar steroids ydi cinio Dolig i bob pwrpas, ie ddim?

Mae Stephen wrth ei fodd yn coginio, a diolch i ragluniaeth, mae o'n gogydd penigamp. Mi fydd yn gwneud cacen a phwdin Dolig ei hun, ac yn rhoi cychwyn ar y gwaith hwnnw tua mis Hydref, os nad yn gynt. Bydd yn paratoi gwledd, nid yn unig ar gyfer diwrnod Dolig, ond hefyd ar gyfer noswyl Nadolig, a phob elfen o'r ddwy loddest wedi'u cynllunio'n ofalus. Cynhwysion ffres i gyd; nemor ddim o baced neu o dun. Y cwbl fydda i'n ei wneud fydd helpu yn y gegin – plicio tatws, golchi sosbenni, pwyso a mesur cynhwysion. Fi ydi Johnnie, fo ydi Fanny (Cradock, hynny yw). Yn ddi-feth bron, mi fyddwn ni'n croesawu aelodau o'i deulu o a 'nheulu innau i'n cartref bob blwyddyn. Ac os ydi pethau'n rhedeg fel watsh, mi fydd Stephen yn hapus, ac mi fydda innau'n ddigon bodlon os bydda i wedi llwyddo i brynu bocs (neu ddau) o *chocolate Brazils*. (Pam bod y rheini wedi mynd yn bethau mor anodd i'w cael?)

Felly, gyda'i ganiatâd, dyma rannu un o fy hoff ryseitiau gan Stephen. Mi ddwedodd fy nhad ryw Ddolig – a hynny yng nghlyw Mam – mai dyma'r cawl gorau iddo'i flasu yn ei fyw. Dwi'n meddwl iddo gael get-awê efo'r fath glod gan na wnaeth Mam honni erioed ei bod yn arbenigwraig ar gawl. Lobsgows, falle, ia; ond mae hwnnw'n gategori o fwyd ynddo'i hun, yn tydi ddim? Gan fod Mam yn bobydd heb ei hail, tasa fo wedi canmol y gacen neu'r mins peis i'r un graddau, mi fasa hi wedi bod yn stori – yn wir, yn Ddolig – go wahanol!

ARWEL GRUFFYDD

CAWL CNAU CASTAN A BRANDI

Cynhwysion

(digon ar gyfer 6)
1 llwy fwrdd o olew olewydd
2 ewin garlleg, wedi'u malu
1 nionyn (winwnsyn) canolig, wedi'i dorri'n fras
500g cnau castan wedi'u rhostio ac wedi'u plicio
Ffon neu ddwy o seleri wedi'u torri'n fras
1 foronen ganolig, wedi'i thorri'n fras
1 litr o stoc llysiau
2 lwy fwrdd o frandi
Halen a phupur fel y mynnir
Dyrnaid o ddail saets ffres
150g o *lardons* mwg (gellir hepgor y rhain wrth weini i lysieuwyr)

Dull

Cynheswch yr olew mewn sosban fawr a ffrio'r nionyn, y garlleg, y foronen, y seleri a hanner y *lardons* yn ysgafn am ryw funud a hanner.

Ychwanegwch weddill y cynhwysion (ac eithrio'r saets, y brandi a gweddill y *lardons*) a dod â'r cyfan i fudferwi. Rhowch gaead ar y sosban a gadael iddo ffrwtian am 25 munud.

Yna defnyddiwch gymysgydd llaw trydanol neu trosglwyddwch y cyfan i beiriant cymysgu er mwyn creu *purée* llyfn.

Pan fyddwch yn barod i'w weini, ffriwch weddill y *lardons* ar wahân, nes eu bod yn grimp.

Ychwanegwch y brandi at y cawl, ei gymysgu a'i ailgynhesu (nes ei fod yn ffrwtian eto).

Gweinwch y cawl mewn powlenni cynnes, gan ychwanegu pinsiad o ddail saets ffres wedi'u torri'n fân i bob un. Ychwanegwch hefyd binsiad hael o'r *lardons* wedi'u crimpio. Gellir hepgor y *lardons* yn llwyr os am greu cwrs llysieuol.

Peidiwch â chael eich temtio i weini bara efo'r cawl. Bydd yna lawer mwy o fwyd i ddod.

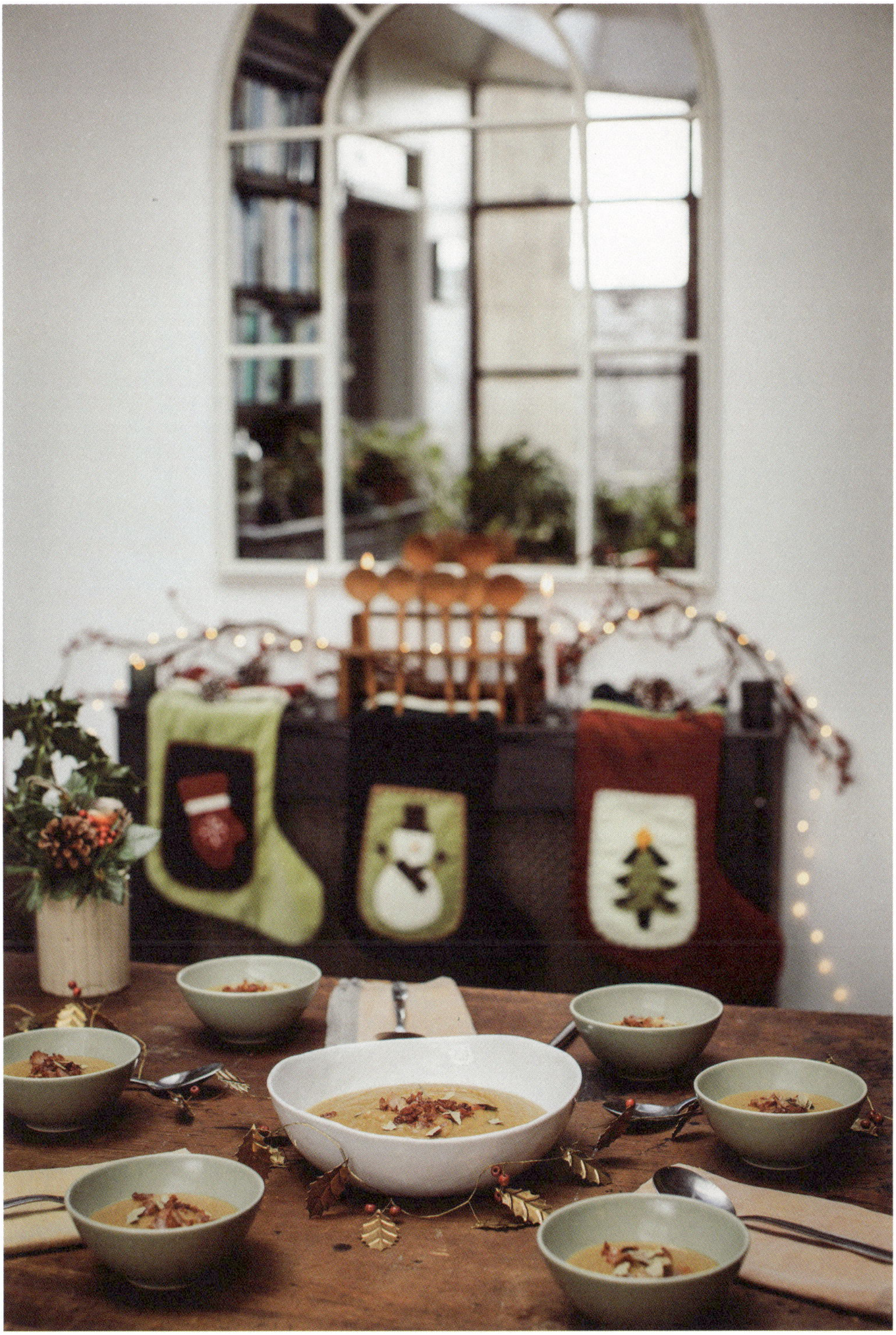

15

ELIN HAF PRYDDERCH

DYDY DOLIG DDIM YN DDOLIG HEB ...

Pan ofynnwyd beth oedd y Nadolig yn ei olygu i mi, y peth cyntaf ddaeth i fy meddwl oedd y gair 'diogel'. Yr unig ddiwrnod yn y flwyddyn ble gall rhywun gau ei hun i ffwrdd o'r byd tu allan, a chreu 'cocŵn' i'w hunan gyda'r teulu. Hefyd, pan oeddwn i'n blentyn, roedd yn orfodol i bawb fihafio ar y diwrnod hwnnw; doedd dim siawns o gael ffrae, na dadl deuluol o unrhyw fath, felly roedd yna deimlad diogel i'r dydd hefyd, ac atgofion hapus sydd gen i o'r cyfnod Nadoligaidd yn Nasareth, Dyffryn Nantlle. Er, wedi dweud hynny, un flwyddyn ceisiodd fy chwaer fy mherswadio i roi fy mabi Tiny Tears a ges i gan Siôn Corn iddi hi, rhag ofn na fysa Siôn yn dod y flwyddyn ganlynol.

Roedd dweud wrth bobl 'mod i'n byw yn Nasareth o gwmpas adeg mis Rhagfyr yn dod â gwefr iddyn nhw wrth iddynt wneud y cysylltiad â'r dyn mawr ei hun. Yn aml, byddai'r blwch postio yn y pentref yn cael ei ddefnyddio yn arbennig gan bobl o ardaloedd eraill er mwyn cael y stamp Nasareth ar eu cardiau Nadolig.

Roedd Nadolig yn amser prysur i fy nhad gan ei fod yn berchen ar ffatri cywion ieir ym mlynyddoedd cynnar fy mhlentyndod, ac yn dosbarthu twrcïod dros gyfnod y Nadolig. Mae o'n dal i wneud hynny hyd heddiw fel difyrrwch iddo'i hun, ac yntau yn ei wythdegau; mae rhai traddodiadau yn anodd iawn eu torri. Twrci oedd ar y fwydlen bob Nadolig, ac mae un twrci'n sefyll allan yn fwy na'r lleill, pan benderfynodd Fflwff y gath cael tamaid ohono'n slei cyn neb arall. Rydyn ni'n dal i siarad am y tro hwnnw.

Sbrowts oedd yn gwneud y Nadolig i mi bryd hynny, ac yn dal i fod heddiw. Dydy Dolig ddim yn Ddolig heb sbrowts, yn fy marn i; fydden ni fyth yn eu cael nhw yn ystod y flwyddyn ar wahân i'r diwrnod hwnnw. Mae gennyf hoffter o lysiau erioed, ac yn 16 oed fe gyhoeddais fy mod am droi'n llysieuwraig. Roedd ymateb fy nhad i'r newyddion hwnnw'n reit gytbwys, er mai rhwystredigaeth oedd prif deimlad fy mam. Ac am rai blynyddoedd wedyn, y *nut roast* oedd ar fy mhlât yn hytrach na thwrci Dad.

ELIN HAF PRYDDERCH

Wedi mi symud o adre a mynd i fyw i Gaerdydd gyda fy ngŵr a chael plant fy hun, treuliais Nadoligau yn Abertawe gyda fy nheulu yng nghyfraith. Bellach roeddwn i'n ôl ar y twrci, ac yn cael Nadoligau arbennig ble roedd wastad llond y tŷ o berthnasau yn dod at ei gilydd i ddathlu. Ond roedd hiraeth yn parhau am y Nadoligau a fu yn Nasareth. Does yna'r un diwrnod arall o'r flwyddyn sydd yn gallu creu'r fath hiraeth am y dyddiau a fu gymaint â'r Nadolig.

Torrwyd yr arferion hynny flynyddoedd yn ddiweddarach wrth i'r briodas ddod i ben. Mae tor priodas yn chwalu popeth. Pob traddodiad a fu, a chan mai fi adawodd, cefais fy nhorri allan o fywydau fy nghyn deulu yng nghyfraith, a dyna ddiwedd ar y Nadoligau hynny.

Roedd y Nadolig cyntaf i fi dreulio fel mam sengl yn gyfuniad rhyfedd o dristwch, poen, hapusrwydd a gobaith. Y plant yw ffocws y Nadolig wrth gwrs, ac mae tor priodas yn chwalu eu Nadolig hwythau hefyd – mae'r teimlad o euogrwydd yn un enfawr. Bydd pethau byth yr un peth eto. Fel rhiant, mae cydnabod bod penderfyniadau caled bywyd wedi chwalu teimladau hudolus eu Nadoligau hwythau hefyd yn y broses, yn beth anodd.

Mae gen i dri o blant, a'r Nadolig cyntaf hwnnw oedd y Nadolig cyntaf i mi ddeffro a neb yno, dim ond fi, y ci, a thawelwch lond y tŷ.

Y traddodiad oedd gennym gynt oedd deffro gyda'r plant am 5 y bore i weld os oedd Siôn Corn wedi bod ac yna, palu mewn i'r anrhegion.

Y Nadolig hwnnw mi wnes i gadw'r traddodiad wrth ddeffro a chodi am 5 y bore, ac es lawr i Fae Caerdydd i weld yr haul yn codi. Roedd yno'n groesawgar ac yn gynnes gyda'i gochni. Wrth gerdded cefais 'Merry Christmas!' joli gan ddyn yn rhedeg heibio mewn siwt Siôn Corn. Roedd hi'n amser i godi calon a dathlu'r hyn oedd gen i yn hytrach na'r hyn oeddwn wedi'i golli.

Wedi i Meg y ci a finnau orffen ein cinio Nadolig – Meg gyda'i phlât ar y llawr wrth fy nhraed a 'thwrci Taid' yn ein boliau – des i ar draws llythyr a ysgrifennwyd gan fy mab o dan glustog y soffa. Roedd wedi'i guddio'n fwriadol er mwyn i fi ddod o hyd iddo a'i ddarllen y bore hwnnw. Dim ond 13 oed oedd o ar y pryd. Roedd yn llythyr llawn gobaith a chariad. Fel y gallwch ddychmygu, daeth llawer o ddagrau wrth i mi ei ddarllen. Yn y foment honno, teimlais lygedyn o obaith am y dyfodol, ac yn nes ymlaen, trysorais yr amser a gefais gyda'r plant ar ddiwedd y dydd.

Mae'n rhaid derbyn fod newid yn rhan anochel o fywyd. Rhaid hefyd – o dderbyn y newid hwnnw, waeth pa mor anodd – edrych i'r dyfodol yn obeithiol.

Fe benderfynwyd newid y dull o baratoi'r sbrowts hefyd. I chi sydd wedi mynd drwy dor priodas, mae'r galar yn enfawr. I fi, mae'n goctel o emosiwn, wrth geisio derbyn realiti newydd i fi a'r plant, a cheisio ail-greu neu adfer

ELIN HAF PRYDDERCH

teimlad y 'cocŵn diogel'. Doedd dim byd amdani ond mynd ati i golbio'r sbrowts. Amhosib yw newid unrhyw benderfyniadau sydd y tu hwnt i 'ngafael i, ac wrth i mi ddod i dderbyn dewisiadau fy nghyn ŵr, daeth colbio'r sbrowts yn rhyw fath o therapi ac yn rhyddhad o rwystredigaeth.

ELIN HAF PRYDDERCH

... SBROWTS

Cynhwysion

Sbrowts
Rholbren i golbio
Llond llwy de o baprica melys
Llond llwy de o gwmin (*cumin*)
Llond llwy fwrdd o olew cnau coco
Llond llwy fwrdd o fenyn Cymreig
Hanner llwy de o halen Himalaya

Dull

Colbiwch bob sbrowtsen fesul un gyda rholbren (does dim angen meddwl am neb yn benodol, ond gall helpu).

Rhowch y sbrowts mewn desgyl addas ar gyfer y popty. Ychwanegwch y sbeisys, menyn, olew cnau coco a'r halen a'u cymysgu'n dda.

Rhowch yn y popty ar dymheredd 150°C (ffan 130°C/nod nwy 2) am 20 munud, neu nes y byddan nhw wedi brownio.

Mwynhewch!

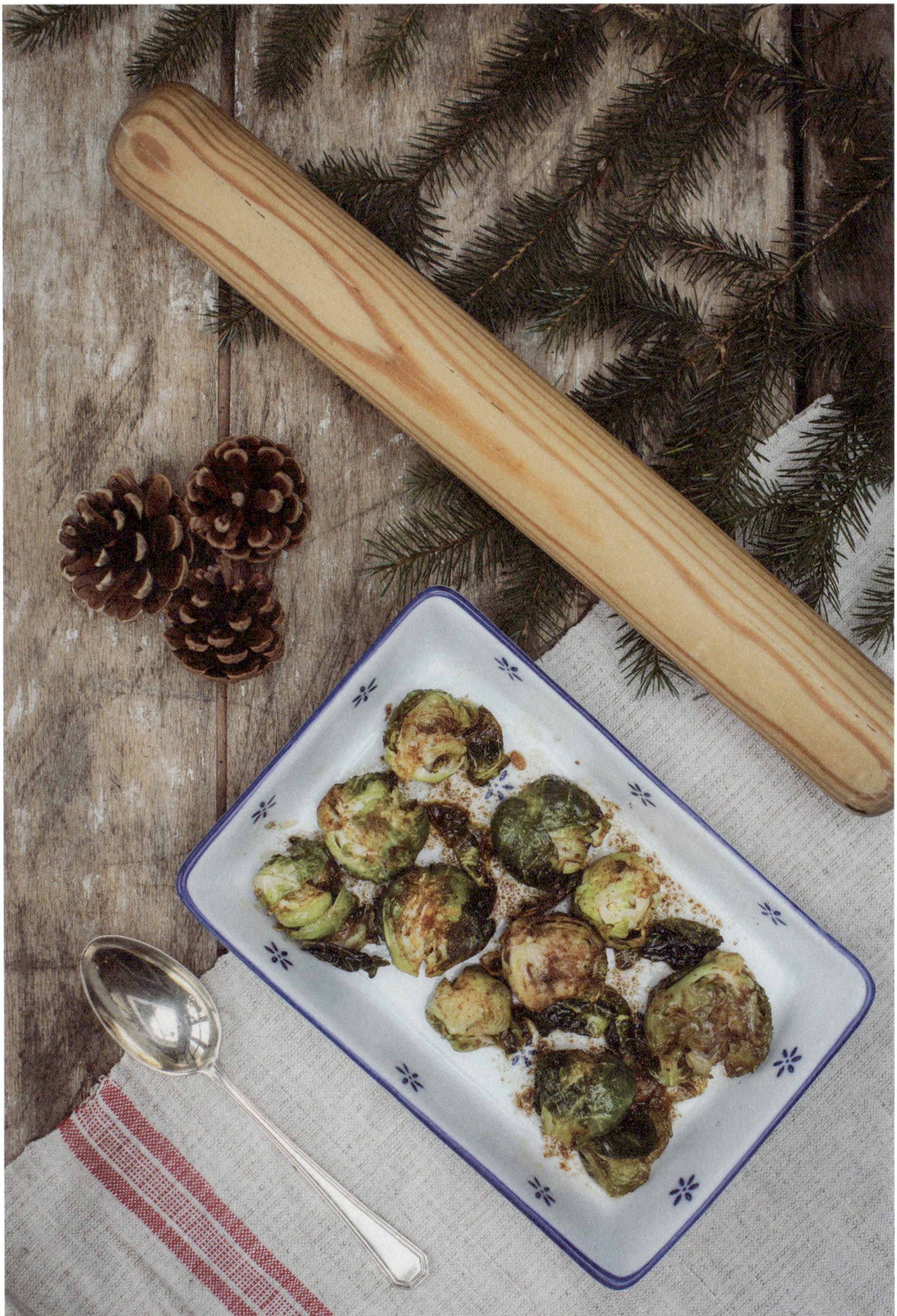

16

PEREDUR LYNCH

VULCAN, JAMIE OLIVER A GREFI'R ŴYL

O oes Victoria ymlaen, bu pregethwyr Cymru'n hoff iawn o ddyfynnu barddoniaeth yn y pulpud. Ond nid priodol oedd i bregethwr bwyso'n unig ar awen y bardd. Mewn erthygl yn yr *Eurgrawn Wesleyaidd* yn 1867, barnai'r Parchedig John Jones (Vulcan, a rhoi iddo ei enw barddol) mai 'rhesymeg' ddylai gael y lle blaenaf ac y dylai barddoniaeth ac eglurebau o hyd fod yn iswasanaethgar iddi. Defnyddiodd yr egluneb a ganlyn i glensio'i ddadl:

> Y mae pregeth wedi ei llenwi hefo y pethau hyn yn unig [sef dyfyniadau barddol ac eglurebau] yn debyg i wledd yn cael ei gwneyd i fyny yn gwbl o *sauces* a *gravies*. Y mae y pethau hyn yn wasanaethgar yn eu lle, eithr nis gallant wneyd yn lle bara a chig a thatws ... Y mae y *gravy* yn cael ei arfer er mwyn y cig, ac nid y cig er mwyn y *gravy*. Felly hefyd y dylai barddoniaeth gael ei harfer yn y pulpud, er mwyn yr ymresymiadau, ac nid cael y lle pennaf yno.

Yn ystod ei gyfnod yn gweinidogaethu mewn mannau mor amrywiol â Lerpwl, Caergybi, yr Wyddgrug, Tregarth, y Rhyl a Bangor (lle bu farw yn 1889), ni wn i a gafodd Vulcan erioed y profiad o baratoi cinio Nadolig. Amheuaf hynny'n fawr. Ac nid dweud hynny'n unig a wnaf yn sgil y ffaith amlwg mai sffêr ddomestig menywod oedd y gegin yn ei oes ef. Pe bai ganddo, drwy ryw ryfedd wyrth, brofiad o ymlafnio yng nghegin yr ŵyl, byddai ei syniad o bwysigrwydd grefi yn bur wahanol i'r sylwadau ysgafala a geir yn yr egluneb uchod. Byddai'n gwybod bod grefi da yn gyfrwng gwaredigaeth mewn perthynas â thwrci sych wedi ei orgoginio, a bod grefi gwael a dyfrllyd yn arwain i brofedigaeth er perffeithied holl gynhwysion eraill y wledd. Ie, gwir y gair: heb refi heb ddim.

Ydi, mae gwneud grefi'r ŵyl yn benyd. Ar ôl oriau o ymlafnio, a'r nerfau'n tynhau, does dim byd gwaeth wrth i baratoadau'r wledd ddod i'w huchafbwynt na throi at gambl y grefi gan wybod y gallai unrhyw anghaffael fod yn embaras i'r cogydd ac yn siom i bawb. Does dim byd gwaeth ychwaith na gorfod gwneud hynny o flaen llygaid disgwylgar y rhai sy'n awchu am eu bwyd. Flynyddoedd

PEREDUR LYNCH

lawer yn ôl, wrth i'r Nadolig agosáu, ceisiais ddihangfa rhag y penyd blynyddol hwn a tharo ar y we (ar ôl mymryn o ymchwil) ar rysáit grefi Nadoligaidd Jamie Oliver – grefi y gellir ei baratoi yn rhannol cyn diwrnod yr ŵyl ei hunan. Erbyn hyn, trodd paratoi grefi Jamie yn un o ddefodau noswyl Nadolig. A rhan annatod o'r ddefod yw bod yn rhaid i'r paratoi ddigwydd i gyfeiliant Côr Seiriol (CD Nadoligaidd gyda Band Biwmares) a Pharti Cut Lloi (CD *Y Dyn Bach Bach*).

Mae rysáit wreiddiol Jamie i'w chael yn ei gyfrol *Jamie Oliver's Christmas Cookbook* a hefyd ar ei wefan. Dros y blynyddoedd, drwy ysgol brofiad, ac am i mi ei choginio gymaint o weithiau, fe'i haddasais ryw gymaint, a rhaid cyfaddef nad wyf bellach yn dilyn y rhan fwyaf o'r mesuriadau a nodir ganddo yn gyfewin fanwl. Synnwyr y fawd yw hi'n aml.

Ambell air o gyngor i ddechrau. Yn ôl rysáit wreiddiol Jamie, mae angen dwy seren anis. Ond un rhybudd – mae dwy yn gadael blas rhy drwm ar y grefi gorffenedig. Felly, mae hanner, neu hyd yn oed chwarter seren, yn fwy na digon. Un rhybudd pellach. Prynwch yr adenydd cyw iâr ymhell ymlaen llaw a'u rhoi yn y rhewgell. Wrth i'r archfarchnadoedd wneud lle yn eu hadrannau cig ar gyfer y dofednod tymhorol, sylwais yn y gorffennol fod cynnyrch fel adenydd cyw iâr yn diflannu dros dro. (Mae'n drist, mi wn, fod gan rywun amser i sylwi ar y fath beth.)

Byddaf wedi casglu'r twrci yn ystod y bore ar noswyl Nadolig, a chyn troi at ddefod y grefi fin nos, fe fyddaf wedi cael cyfle i baratoi stoc twrci yn y dull traddodiadol (y gwddf, nionyn, moronen, ffon seleri, cenhinen, deilen lawryf, cwdyn *bouquet garni* a phupur a halen wedi eu berwi'n araf am ryw awr a hanner i ddwyawr mewn 2 i 3 litr o ddŵr). Y stoc hwn sy'n cael ei ychwanegu at y trwyth gennyf i yn hytrach na'r dŵr berwedig a nodir gan Jamie. Byddaf weithiau hefyd – yn ôl fy ffansi – yn amddifadu'r twrci o'i adenydd ar noswyl Nadolig a'u hychwanegu at y rysáit. Ac o grybwyll y twrci, a gaf i esbonio un peth? Ers sawl blwyddyn bûm yn ei brynu mewn siop fwyd (a dillad) nid anenwog ac yn ei archebu cyn diwedd Medi yn ddi-ffael. Beth am gynnyrch lleol, ebe fy nghyd-Gymry wrthyf yn gyhuddgar? Plediaf yn ddieuog, canys cynnyrch ardderchog (hyd yma) un o ffermydd Sir Benfro ydyw. A do, fe glywais y 'jôc' a ganlyn sawl tro – dyma dwrci'r 'gobl gobl wes wes' a faged 'mewn dau gae'.

Wele, felly, ddylanwad Jamie Oliver ar fy Nadolig i. A yw'r holl ddefod sydd ynghlwm â'r rysáit yn haws ac yn llai trafferthus mewn gwirionedd na'r hen ddull o wneud y grefi ar y diwrnod ei hunan? A bod yn gwbl onest, nid wyf yn credu hynny bellach, ac ni fyddwn yn annog unrhyw un i ddilyn y llwybr hwn oni bai fod ganddynt chwilfrydedd ac amser ar eu dwylo. Heb fynd i fanylion

PEREDUR LYNCH

cyhoeddus cywilyddus, fe wn i o brofiad fod risgiau ynghlwm â grefi Jamie. Mae gennyf sawl cyfaill – cyffredin ac ysgolhaig – sydd wedi rhoi cynnig ar y grefi dros y blynyddoedd. Mae rhai yn dal ati'n arwrol o flwyddyn i flwyddyn, ond eraill wedi diffygio ar ôl un tro. Gŵyr y ffyddlon rai mai defod yw defod a rhaid glynu'n flynyddol ati. Dyna pam y daw Côr Seiriol, Parti Cut Lloi, Jamie Oliver a'r Parchedig John Jones (Vulcan) oll ynghyd unwaith eto eleni yn fy nghegin i ar noswyl Nadolig.

PEREDUR LYNCH

GREFI'R NADOLIG

Paratowch y grefi ar noswyl Nadolig, dyma un peth (efallai!) yn llai i boeni yn ei gylch ar y dydd.

Cynhwysion

2 nionyn (winwnsyn)
2 foronen
2 ffon seleri
2 sleisen o facwn mwg (bacwn brith)
2 ddeilen llawryf ffres
2 sbrigyn o saets ffres
2 sbrigyn o rosmari ffres
¼–½ seren anis
10 adain cyw iâr maes (ynghyd ag adenydd y twrci, os dymunwch)
Olew olewydd
60ml o sieri neu bort (os dymunwch)
4 llwy fwrdd o flawd plaen
2 lwy fwrdd o saws llugaeron
2 litr o stoc twrci (wedi'i baratoi o flaen llaw), neu 2 litr o ddŵr berwedig o ddilyn Jamie Oliver

Dull

Cynheswch y popty i 180°C (ffan 160°C/nod nwy 4).

Pliciwch y nionod a golchi'r moron, eu torri'n fras ynghyd â'r seleri a'r cig moch. Rhowch y llysiau, y dail llawryf, y saets, y rhosmari a'r chwarter neu'r hanner seren anis mewn tun cig sylweddol ei faint a chanddo ochrau uchel. Yna dylid torri'r bacwn yn fras a'i wasgaru dros y cynhwysion eraill.

Cyn ychwanegu'r adenydd cyw iâr (ac adenydd y twrci, os dymunwch), bydd angen ysbryd brwydr Catraeth arnoch er mwyn eu colbio'n galed a didrugaredd gyda rholbren (neu arf arall cyfaddas), a hynny i ryddhau'r blas wrth goginio.

Ar ôl ychwanegu'r cyw iâr i'r tun cig, ysgeintiwch olew olewydd dros bob dim ac yna ychwanegu pupur a halen gan gymysgu'r cyfan yn drwyadl a tharo'r tun cig yn y popty am ryw awr (neu nes bod popeth yn barod).

Tynnwch y tun cig o'r popty gan fynd i Gatraeth eto a cholbio, malu a stwnsio popeth gyda stwnsiwr tatws. Gwnewch hyn ar yr hob dros wres isel gan ofalu sgrafellu'r crafion blasus o waelod y tun wrth greu'r stwns. Cewch wedyn (os dymunwch) ychwanegu'r sieri (neu'r port) a'i fudferwi'n ddim cyn cymysgu'r blawd gyda'r cynhwysion, a hynny dros wres isel o hyd.

Ychwanegwch y stoc twrci (neu'r dŵr berwedig, o ddilyn Jamie) at y gybolfa, ei fudferwi a throi a thewychu'r trwyth am ryw hanner awr.

Wedi i'r hylif gael ei dewychu'n briodol, rhowch ogr gweddol fras uwchben sosban fawr, ychwanegwch gynnwys y tun cig a'i gywasgu yn y gogr fel bod y grefi'n llifo i'r sosban. Defnyddiwch gefn llwy bren i wneud hyn.

Gadewch i'r grefi oeri a'i arllwys i gynhwysydd a'i daro yn yr oergell tan ddydd Nadolig. Yna ar ddydd Nadolig, ar ôl gorffen coginio'r twrci, gwahanwch y sudd a'r saim, gan roi'r twrci o'r neilltu i orffwys ar blât gweini. Yna, arllwyswch y grefi noswyl Nadolig i'r tun twrci gwag, gan ychwanegu sudd y twrci ato, a chymysgu'r cwbl ynghyd yn drwyadl a'i gynhesu ar yr hob, ynghyd â'r saws llugaeron, a'i ddwyn yn araf i ferw.

Y cam olaf yw arllwys eich grefi drwy ogr bras unwaith eto i sosban gymwys ei maint a'i gadw ar wres isel, isel, nes eich bod yn barod i'w weini.

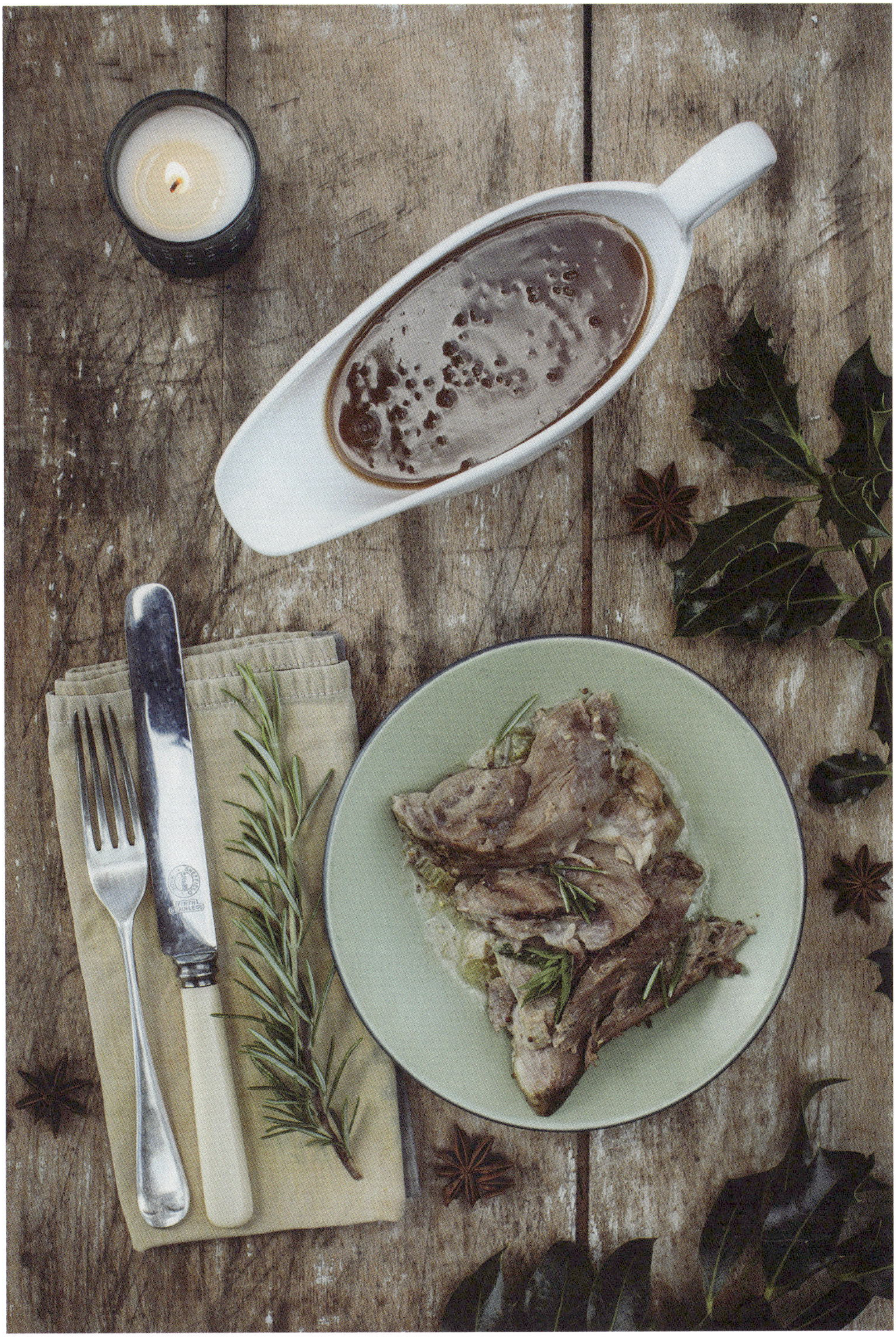

17

MARI ELIN JONES

CLWYF AR Y CYDWYBOD?

Fe wnes i ddarllen mewn llyfr yn ddiweddar: '... Christmas is a sore on the conscience unless you minister to it.' Dwi'n meddwl efallai mai dyma sut dwi'n teimlo am y Nadolig. Wrth sôn am 'Nadolig' fan hyn, dwi'n sôn am y ffys a'r ffwdan sy'n dod gyda'r ŵyl – y pethe 'na sy'n gwneud i rywun deimlo nagyn nhw'n dathlu'r Nadolig 'go iawn' os nagyn nhw'n cymryd rhan weithredol yn y defodau a'r traddodiadau 'Nadoligaidd'.

Cyn mynd dim pellach, dwi'n teimlo y dylen i roi rhyw fath o ymwadiad. Yn y mwydro sydd i ddilyn yma, pan fydda i'n sôn am Nadolig, sôn ydw i am y pethe a'r traddodiadau sydd nawr yn hollol glwm â'r ŵyl. Yn y bôn, pwrpas yr holl gyfnod i fi yw dathlu dyfodiad Iesu Grist i'r byd; trwy fynd i gapel a chael cymdeithas gyda Christnogion eraill, yn darllen a chanu a dathlu. Ond hefyd, dwi'n hoff iawn o ffrils a ffys ... cyhyd â bo' fi'n cael gwneud hynny ar fy nhelerau fi fy hun.

Mae'n debyg fy mod i wedi cymysgu holl Nadoligau fy mhlentyndod mewn i ryw fath o felys gybolfa sydd nawr yn rhyw un MegaDolig. Ro'n nhw'n Nadoligau go draddodiadol. Bath noswyl Nadolig, a phan o'n i'n dal i gredu, bydde Dad yn mynd tu fas i ffenest y stafell ymolchi ac yn canu cloch cyn i Mam fy rhuthro mas o'r bath ac i 'mhyjamas yn go handi gan fod Santa'n agosáu a bod yn well i fi fynd i gysgu, wir.

Swmpo'r hosan ar waelod y gwely a mynd trwy'r cynnwys yn araf bach ben bore, cyn sleifio lawr stâr i weld yr arddangosfa o anrhegion traddodiadol. Ro'dd y Santa fydde'n dod i'n tŷ ni'n un artistig iawn, ac yn creu'r arddangosfeydd hyfryta o anrhegion, a hynny mewn gwahanol stafell bob blwyddyn.

Wedyn at y bwyd, wrth gwrs. Os o'n ni'n teimlo'n ffansi, bydde melon i ddechrau a hwnnw wedi'i dorri'n gychod bach. Y cnawd melys wedi'i sleisio i ffwrdd yn ofalus oddi wrth y croen caled a'i dorri'n ddarnau bach. Rheini wedyn yn cael eu gosod yn ôl ar y croen a'u trefnu am yn ail fel seddi mewn gondola, a'r cyfan yn cael ei addurno â cheiriosen *glacé* a darn o oren.

Y twrci o'dd seren y sioe. Bydde hwnnw fel arfer yn anferth o beth euraidd, wedi'i stwffio â stwffin o'dd mor llaith a chywasgedig nes bod modd ei sleisio, a'i daenu hyd yn oed. Hwn, i fi, yw'r stwffin gore. A'r trimins i gyd yn cadw cwmni i'r twrci; tatw stwmp, moron, *cauliflower cheese* weithiau, sbrowts, tatws a phannas rhost, pys, jeli llugaeron. A digonedd o grefi tywyll.

Ond ro'dd pwdin yn broblem. Mae bwydach melys Nadoligaidd i *gyd* yn broblem. Pwdin, mins peis, y gacen, *stollen* a *panettone*, y cwbl yn frith o bethe alla i ddim eu dioddef. Ffrwythau sychion. Ffrwythau sych yw gwir Grinch y Nadolig. Erbyn fy arddegau, datryswyd 'problem y pwdin' achos ddêchreues i weithio yng nghaffi'r Hedyn Mwstard yn Llanbed, ac ro'n i wrth fy modd â *roulade* Liz yno. Es i mlaen a mlaen amdano fe gymaint (a bwyta *lot* ohono fe) nes un bore Nadolig yn yr eglwys yn Llanbed, dyma Liz yn dod â *roulade* cyfan, jyst i fi, fel pwdin Nadolig. Hwn sydd bellach wedi cymryd ei le fel fy mhwdin Nadolig i – nawr ac am byth. Mae'n ofnadwy o felys, ond yn ddigon ysgafn a ffres i allu dilyn cyfoeth cinio Nadolig mawr, a'r tu mewn fel breuddwyd malws melys.

Parhau â'r traddodiad wedyn drwy alw gyda Mam-gu Pennal am sieri bach ar ôl cinio, cyn mynd draw at Mam-gu a Dad-cu Glanrafon gyda'r hwyr. Dyma ble fydde'r rhan helaeth o'r teulu'n cwrdd i gael *ail* ginio Nadolig (wir i chi, y *cwbl* eto!) i swper, ac yna cyflwyno'r gemau bwrdd mwyaf modern y bydden ni gefndryd wedi'u cael y bore hwnnw i Wncwl Hywel, ac ynte'n cael mwy o sbort o lawer na dim un ohonon ni blant.

A dyma sut o'dd bob Nadolig, fwy neu lai, tan i fi briodi Gruffydd. Ro'dd e hefyd wedi cael Nadoligau traddodiadol, ond am ryw reswm fe benderfynon ni ar ddau beth y Nadolig y cyntaf hwnnw. Y cyntaf o'dd na fydden ni'n dechrau mynd 'nôl-a-mlan rhwng y ddau deulu yng nghyfraith, ond y bydden ni (yn hunanol yn ôl rhai) yn dathlu, jyst ni'n dau. Yr ail benderfyniad o'dd hepgor y traddodiadol. Ry'n ni wedi bod yn briod ers deuddeg mlynedd nawr a does dim un twrci erioed wedi meiddio croesi'r trothwy. Fuon ni'n agos at ryw siâp ar ginio Nadolig unwaith neu ddwy pan gafon ni ryw fath o dderyn, neu dri deryn mewn un, ar un achlysur, ond dim byd a fydde'n gallu pasio fel unrhyw fath o ginio Dolig o'dd y ddau ohonom wedi arfer ag e. A does dim angen i fi ddweud, sdim pwdin Nadolig wedi bod ar gyfyl fy nghegin i erioed.

Dwi'n meddwl mai'r flwyddyn sy'n crisialu'r teip newydd 'ma o Ddolig yw 2023. Ar ôl blynyddoedd o freuddwydio, roedden ni yn ein cartref newydd yn ôl ar Mynydd Bach o'r diwedd. Doedd gen i ddim cegin gwerth sôn amdani, dim ond ffwrn fach pen-bwrdd a dwy ringen iddi, a dim wyrc-top heblaw am dop y boiler a'r rhewgell. Ro'dd Gruffydd a'i ffrind Berian wedi bod wrthi'n ddi-stop yr wythnos flaenorol yn adeiladau silffoedd llawr-i-nenfwd, ac erbyn dydd Nadolig ro'dd hi'n bryd llenwi'r silffoedd a symud gweddill y dodrefn i'r stafell fyw.

Y jobyn cyntaf o'dd dod â'r ail set o silffoedd llyfrau mewn. 'Dim problem,' meddwn i, a mas â ni i'r sied. Ro'dd Gruffydd yn lled-drwsiadus, ond ro'n i'n dal i fod yn fy mhyjamas, *dressing gown* a welingtons: 'Beth yw'r ots? Ni'n byw yng nghanol unman!' Ro'n ni ar fin gadael y sied pan glywson ni gerbyd yn dod ar hyd y lôn, ond doedd bosib bydde rhywun yn galw ar fore dydd Nadolig? Distawrwydd, yna sŵn drws yn cau a 'Helô-ô!' yn cario i'n clustiau. Mair drws nesa, wedi dod â chyfarchion a bocs o fisgedi draw. Ond druan, yn hytrach na chael diolch call am alw, fe gafodd Mair waith. Diolch byth ei bod hi wedi dod pan ddo'th hi, ro'dd Gruffydd a finne wedi dechrau sibrwd (yn uchel iawn) bod ffordd y llall o symud y silffoedd yn ddidoreth, a tase Mair wedi cyrraedd funudau'n hwyrach rwy'n siŵr y bydde hi wedi clywed lot mwy o weiddi diamynedd. Ond fe achubodd Mair y dydd a'n helpu i gael y silffoedd yn eu lle'n hollol ddidrafferth.

Roedden ni wedi penderfynu peidio rhoi anrhegion i'n gilydd; bydde gwagio'r sied a llenwi'r tŷ â'n pethach ni yn anrheg berffaith. Felly'n hytrach na rhwygo papur lapio pert, dreulion ni'r diwrnod yn rhwygo tâp brown oddi ar ddegau ar ddegau o focsys, a rhoi'r llyfrau a'r feinyls a'r trugareddau bach ar y silffoedd. Hyn i gyd i gyfeiliant ffilm *A Hard Day's Night*, achos gwylio hon ar ddydd Nadolig yw un o'n traddodiadau newydd hollol gadarn a di-ffael ni.

'Ond beth am y cinio?' meddech chi. Wel, byddwch chi'n falch o glywed ei fod e'n ginio hyfryd a'r ddau ohonom wrth ein boddau ag e. Glasied o fybls, brechdan eog wedi'i gochi a chaws meddal, gyda phaced mawr o greision *prawn cocktail*. (Gan ei bod hi'n Ddolig a bod angen *peth* moethusrwydd, rhai Tesco Finest o'n nhw.) Ro'dd y dadbacio a'r trefnu'n dod mlaen yn dda, ac fe benderfynon ni gadw'r *roulade* i swper. Ro'n i wedi gwneud y *meringue* yn barod, felly dim ond ei lenwi a'i rholio o'dd angen gwneud. Fe gododd whant arnon ni am ein siwper-swper-bwdin a dyma fi'n mynd i roi'r *roulade* at ei gilydd cyn deall ei bod hi wedi hanner nos. O sylweddoli hynny, fe sylwon ni pa mor hollol *shattered* o'dd y ddau ohonom. Rhy flinedig i'r *roulade* Nadolig, hyd yn oed.

Ond peidiwch chi â phoeni dim amdanon ni a'n cinio tlawd a'n Nadoligau rhyfedd: mae gen i'r ddawn o gael y gorau o'r ddau fyd. Ar ddydd San Steffan, fel pob dydd San Steffan ers deuddeg mlynedd, ry'n ni'n gwneud ein ffordd i Flaencaron, ac yn cael ein *fix* o Nadolig 'go iawn', y trimins *i gyd* … a sleisen go fawr o'r *roulade*, wrth gwrs.

MARI ELIN JONES

ROULADE NADOLIG

Cynhwysion

5 gwynnwy
225g siwgwr mân
Llwy de o finegr gwin gwyn
Llwy de o flawd corn
Llwy de o rinflas fanila
500ml hufen dwbl
2 lwy fwrdd o siwgwr eisin, wedi'i hidlo
300g mafon rhewedig wedi'u dadmer*
Glitter bwytadwy

Dull

Cynheswch y popty i 180°C (ffan 160°C/nod nwy 4). Leiniwch dun pobi hirsgwar tua 32cm x 22cm â phapur pobi (gall y *meringue* lynu wrth bapur gwrthsaim).

Rhowch y 5 gwynnwy mewn powlen gymysgu fawr, lân (nid un blastig). Gallwch ddefnyddio chwisg llaw trydan neu *stand mixer* gyda'r chwisg balŵn i'w curo nes eu bod yn ffurfio pigau gwyn, stiff.

Trowch y cyflymder i fyny a dechrau ychwanegu'r siwgwr mân, un llwy fwrdd ar y tro. Parhewch i guro am 3–4 eiliad rhwng pob ychwanegiad. Mae'n bwysig ychwanegu'r siwgwr yn araf ar y cam hwn gan ei fod yn helpu i atal y *meringue* rhag 'wylo' yn nes ymlaen. Peidiwch â gorguro; pan fydd yn barod, dylai'r cymysgedd fod yn drwchus ac yn sgleiniog.

Cymysgwch y finegr, blawd corn a'r rhinflas fanila mewn powlen fach a'i arllwys mewn i'r *meringue* a chymysgu unwaith eto.

Rhowch y cymysgedd yn y tun a'i daenu'n llyfn.

Pobwch am 20 munud, yna diffodd y ffwrn, gan adael y *meringue* yn y ffwrn dros nos.

Pan fyddwch yn barod i roi'r *roulade* at ei gilydd, trowch y *meringue* allan ar ddarn o bapur pobi.

Chwipiwch yr hufen a'r siwgwr eisin nes ei fod yn creu pigau meddal a thaenu hwn dros y *meringue*.

Gwasgarwch y ffrwythau dros yr hufen, yna rholio'r cyfan ar hyd yr ochr lydan.

Addurnwch gydag ysgeintiad o siwgwr eisin a digon o *glitter* bwytadwy ... mae'n Ddolig wedi'r cwbl.

*Dewiswch unrhyw ffrwythau yr hoffech chi. Mefus oeddwn i wastad yn cael yn y *roulade* Nadolig, ond ers blynyddoedd nawr dwi wedi bod yn ceisio bwyta'n fwy tymhorol a chan nad oes yna ryw lawer o ffrwythau tymhorol ar gael i ni'r adeg hon o'r flwyddyn, mae ffrwythau wedi'u rhewi'n ddewis da.

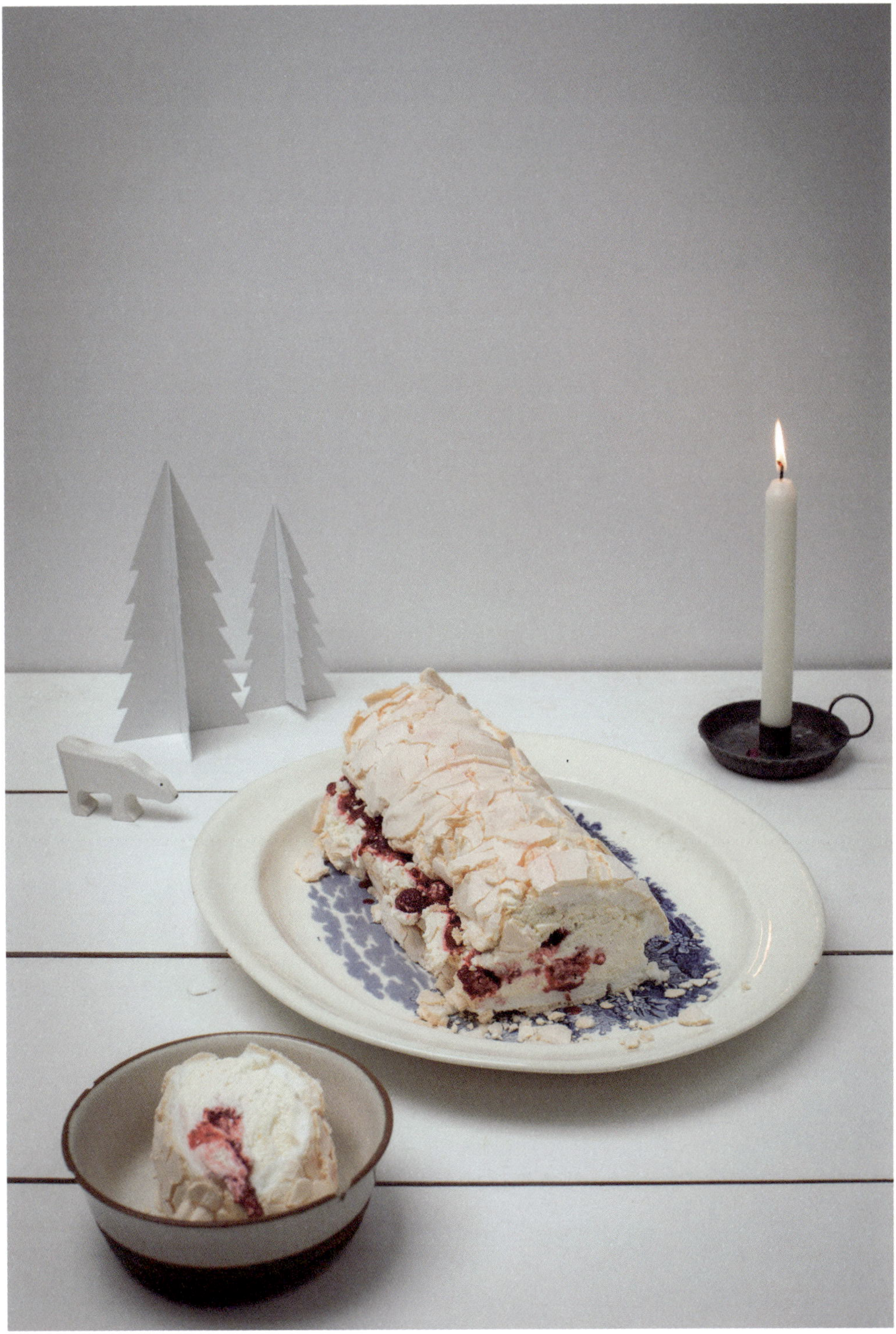

18

MEL OWEN

NADOLIG GORLAWN O GARIAD

Mae dydd Nadolig yn ein teulu ni'n debyg i'r Met Gala yn Efrog Newydd. Mae 'na ddisgwyl i chi wisgo rhywbeth arbennig, yn ddelfrydol, gwisg a brynwyd yn benodol ar gyfer yr achlysur. Mae dewis beth fydd fy 'ffrog Nadolig' yn her a hanner bob blwyddyn, rhywbeth digon *glamorous* i blesio'r cod gwisgo, ond sydd hefyd â digon o le ynddi i ganiatáu i fi fwyta'r cinio enfawr.

Bydd yna amserlen gadarn i'r dydd o'r eiliad rydyn ni'n deffro hyd nes ein cinio am 4 o'r gloch y prynhawn, a does yna ddim munud o'r amserlen honno i'w ddefnyddio'n gwylio teledu. Doedd gen i ddim syniad sut beth oedd e i wylio ffilm ar ddydd Nadolig hyd nes blwyddyn y cyfnod clo. Doedd neb yn gallu dod am ginio felly fe ddefnyddion ni'r amser y bydden ni wedi'i dreulio'n paratoi ar gyfer ein gwesteion i wylio *Moana* ar ITV2.

Caiff pob cornel o'r tŷ ei addurno'n hardd, gan gynnwys y bwrdd bwyd fel ei fod yn bert cyn i'r cinio gael ei osod arno. Bob blwyddyn bydd napcynau coch yn cael eu rholio a'u gosod mewn modrwyau euraidd ac, wrth gwrs, byddant wedi eu paru'n berffaith gyda'r *runner* hyfryd sy'n rhedeg lawr canol y bwrdd. Yng nghanol y bwrdd bydd torch o flodau, torch a gasglwyd ar yr 22ain o Ragfyr gan yr un trefnwr blodau lleol ers blynyddoedd. Ac yng nghanol y dorch bydd cannwyll gaiff ei thanio i greu awyrgylch cysurus, gaeafol.

Yna, bydd trac sain o hen ffefrynnau Nadoligaidd yn chwarae gydag artistiaid fel Aretha Franklin, BB King a mawrion eraill Motown yn canu. Does gen i ddim atgof mwy melys na'r un ble'r oedd pob un ohonon ni'n dawnsio ar lawr y gegin, y teulu i gyd yn ein pyjamas amser brecwast, i 'What Christmas Means to Me' gan Stevie Wonder.

Falle mai un o'n traddodiadau mwyaf od (ond un sy'n codi gwên bob blwyddyn) ydy'r amserlen sydd ar gyfer gwydrau penodol i gyd-fynd â phob cyfnod a diod wahanol yn ystod y dydd … Barod?

7.30yb: Mygiau Emma Bridgewater. Paneidiau o goffi twym wrth i ni fwydo'r ceffylau a rhoi eu sanau Dolig iddyn nhw. Ydyn, mae'r ceffylau'n dathlu hefyd.

MEL OWEN

8yb: Gwydrau Champagne. Champagne gyda *cassis* tra byddwn ni'n agor anrhegion o amgylch y goeden.
10yb: Tymbleri crisial. Baileys yr un i fi a Mam wrth i ni baratoi'r stwffin a'r 'sochau mewn sachau'.

Ac ymlaen â ni tan sieri ola'r noson – yn y gwydrau y cafodd fy rhieni fel anrheg priodas dros dri degawd yn ôl. Mae 'na blatiau ag ymylon aur iddyn nhw hefyd sydd ond yn cael dod allan o'r cwpwrdd ar ddiwrnod Nadolig ac, ar ben pob dim arall, mae cinio anhygoel gyda rhywbeth i blesio pawb.

I'r rhai sy'n hoffi bwyta'u cinio ac ymlacio am weddill y diwrnod, falle fod hyn yn swnio'n 'bach yn *stressful*, ond i fi, mae'n hollol hudolus a hyfryd. Dyma jyst y diwrnod mwyaf arbennig yn y flwyddyn. Ac wrth dyfu'n oedolyn a mynd yn hŷn, dwi wedi sylweddoli nawr pam nad ydy'r mini Met Gala 'ma ddim wir yn *stressful* i fi ... achos taw Mam sy'n gwneud *bob dim*.

Ar hyd fy mhlentyndod a blynyddoedd fy arddegau 'nes i feddwl bod yr hud i gyd jyst yn *digwydd*. Ond wrth gwrs, Mam oedd yn gwneud y gwaith caled o sicrhau ein bod ni'n mwynhau diwrnod unigryw a chofiadwy ar hyd yr amser, heb i ni orfod meddwl na phoeni am ddim byd.

Peidiwch â chamddeall ... mae fy mam yn hollol *bougie*. Cafodd ei magu fel yr ieuengaf o chwech o blant, yn fewnfudwraig cenhedlaeth gyntaf mewn teulu Caribïaidd oedd yn gorfod meddwl yn galed iawn o ble oedd eu harian yn dod. Ond serch yr heriau hynny, mae ganddi chwaeth rhywun gafodd ei magu fel *nepo baby* yn Calabasas. Hyd yn oed os nad ydyn ni'n gallu fforddio cael bob dim, mae fy mam yn gweithio ei hud ac yn gwneud i bawb deimlo'n hollol arbennig. Ar gyllideb teulu dosbarth gweithiol yng Ngheredigion, gall hi wneud ein tŷ fferm ni i deimlo fel plasty seren roc ym mynyddoedd Monaco ar ddydd Nadolig.

Ac mae hi'n gwneud hyn i gyd allan o gariad pur. Ei hiaith gariad hi – neu *love language* fel mae *millennials* fel fi'n hoff iawn o ddweud – ydi 'gofalu a gwneud ymdrech'. Mae'n hi'n dangos i ni i gyd ei bod hi'n ein caru ni wrth wneud yr ymdrech, ac wrth ofalu amdanon ni fel ein bod ni'n teimlo'n hollol arbennig. Cofiwch, dydyn ni ddim yn cael y fath driniaeth bob dydd o'r flwyddyn, ond gan fod Nadolig mor bwysig iddi, dyma pryd mae hi'n mynd allan o'i ffordd i ddangos ei chariad yn ei ffordd ei hunan.

Wrth i fi fynd yn hŷn (dwi'n 28 a dydy hynny ddim yr un peth â 'bron yn 30', diolch yn fawr), dwi wedi datblygu a thyfu teulu o ffrindiau o 'nghwmpas i yng Nghaerdydd, pobl dwi'n eu caru mas draw. Yn 2023, dewisais i a ffrind drefnu dydd Nadolig ein hunain, 'chydig bach yn gynharach yn ystod mis Rhagfyr, cyn i bawb ddychwelyd adre at eu teuluoedd dros y gwyliau. Daeth pymtheg o'n ffrindiau agosa ni draw am brynhawn o *mulled wine*, cinio Nadolig, gemau a phartïo, ac roedd 'na fynydd o waith ynghlwm â'r paratoi.

Er bod gwneud digon o datws rhost a sbrowts i bymtheg o bobl yn teimlo fel job ddiddiwedd, heb sôn am ddau wahanol fath o gig, a dewis i feganiaid, mi wnes i ddwlu ar bob rhan o'r gwaith. Mae pawb yn rhybuddio merched eu bod nhw am droi mewn i'w mamau, ac ar y noson cyn ein dydd Nadolig bach ni, teimlais fy hun yn camu mewn i feddwl fy mam. Ro'n i eisiau i *bawb* gael y diwrnod gorau posib, ac i fwynhau heb orfod poeni am ddim byd; i chwerthin a bwyta, ymlacio a rhannu straeon heb fod yna ddisgwyl iddyn nhw 'wneud' unrhyw beth. Achos dyna sut rydw innau hefyd yn dangos fy nghariad i.

Roedd paratoi'r cinio Nadolig yna fel rhodd i fy nheulu o ffrindiau, gan bwysleisio cymaint dwi'n eu caru nhw, fel mae fy mam wedi'i wneud ers 'mod i'n cofio. Gwnes i'n siŵr nad oedd yna ddim byd allan o'i le, a bod yna rywbeth i blesio pawb. Ac os nad ydych chi'n mynd i ddangos eich cariad dros ginio dydd Nadolig, wel ... pryd ydych chi'n mynd i wneud?

A bod yn onest, dydy'r datganiad o gariad ddim yn dod i ben unwaith i'r cinio Dolig ei hun ddod i ben chwaith, gan fod Mam wedyn yn paratoi fy hoff bryd bwyd o'r flwyddyn gyfan: y *rice & peas* ar ddiwrnod San Steffan gyda chyrri o'r twrci sy'n weddill. Mae Nadolig yn gyfnod llawn traddodiadau, a chan ein bod ni'n deulu o gymysgedd o ddiwylliannau Cymru a Jamaica, mae'n draddodiadau ni i *gyd* yn rhan o'r cymysgedd hwnnw.

MEL OWEN

RICE & PEAS TEULU NI GYDA SBARION TWRCI

Dyma un o brydau bwyd mwyaf poblogaidd Jamaica gaiff ei fwyta gyda chig jerk, cyrri gafr a physgod Caribïaidd … ond ar ŵyl San Steffan, rydyn ni'n cymysgu 'bach o Gymru i'r mics ac yn ei fwyta gyda chyrri wedi ei wneud o'r twrci sydd dros ben ar ôl y cinio mawr. Gwnewch eich cyrri fel rydych chi'n ei hoffi, ond os caf i awgrymu un peth, peidiwch â defnyddio cwrens na phinafal. Er fy mod i'n Gymraes i'r carn, wna i byth, byth ddeall tuedd y Cymry i droi cyrri mewn i ryw fath o salad ffrwythau. Ond heblaw am hynny, mwynhewch.

Cynhwysion

1 cwpanaid o ffa Ffrengig coch wedi'u sychu*
2 gwpanaid o reis gwyn
1 pupur *scotch bonnet*
5 sbrigyn o deim
1 can o laeth cnau coco (heb siwgwr ychwanegol)
Pinsiad o halen

Dull

Gosodwch y ffa Ffrengig coch mewn sosban fawr, gyda digonedd o ddŵr drostyn nhw.

Dewch â'r dŵr i'r berw ar dymheredd uchel, ac yna ychwanegu'r *scotch bonnet* cyfan (heb ei dorri), yr halen a'r sbrigau teim.

Trowch y tymheredd i lawr yn isel, ac ychwanegu'r llaeth cnau coco a'i droelli. Gadewch y cymysgedd i fudferwi am awr.

Ychwanegwch y reis a gosod caead ar y sosban. Gadewch y tymheredd yn isel wrth adael i'r reis amsugno'r hylif i gyd am tua hanner awr. Ond cadwch lygad ar y sosban, dydych chi ddim eisiau i'r reis sticio.

Pan mae'r reis yn feddal i gyd, tynnwch y *scotch bonnet* a'r teim allan ohono.

A dyna ni, mae eich *rice & peas* yn barod i'w fwyta.

(*Mi allech ddefnyddio tun o ffa coch, gan eu hychwanegu at y reis ar ôl iddo goginio yn y dŵr, y llaeth cnau coco, y teim a'r *scotch bonnet*, a'u cynhesu drwodd.)

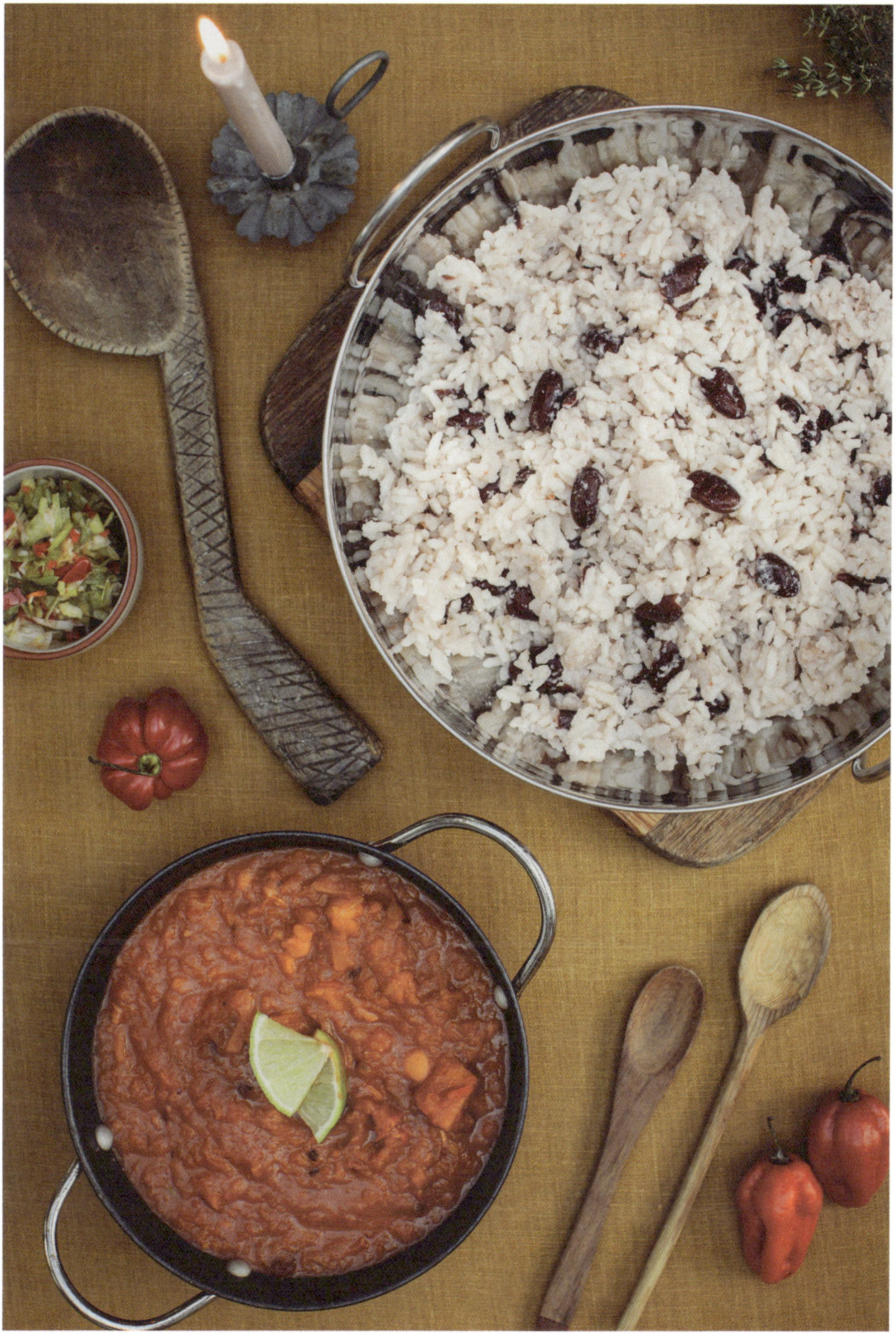

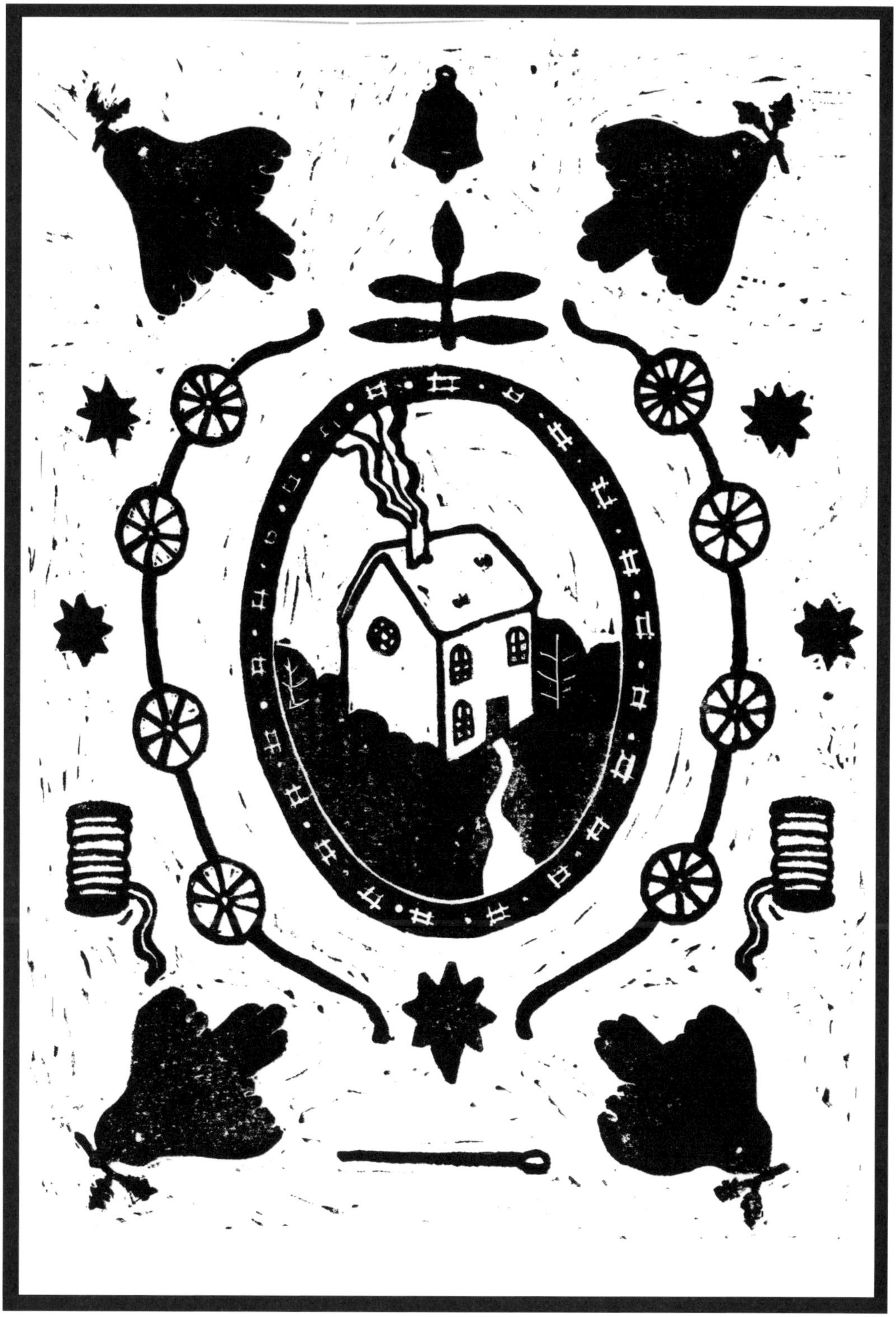

19

MARION LÖFFLER

ADENNILL 'GWLAD Y TANGNEFEDD COLL'

Cwyna'r gerdd enwog gan A. E. Housman nad ydi hi'n bosib dychwelyd at 'dangnefedd coll' plentyndod, ac awyrgylch clyd dathliadau teuluol gynt. Ond mae ryseitiau, bwydydd ac arferion Nadoligaidd yn caniatáu i ni ail-fyw cyfnodau a llefydd annwyl y gorffennol drwy eu harogli a'u blasu. Maent yn caniatáu i mi yn bersonol deithio yn ôl i Almaen fy mhlentyndod, at hud a lledrith cyfnod yr Adfent – y pedwar dydd Sul cyn y Nadolig a ddethlir yno o hyd, er dim gymaint yn y wlad hon – ac i gyfnod pan fu gennyf fam-gu a thad-cu, a theulu cyflawn. Nid teithiau'r meddwl yn gymaint â theithiau'r teimlad ydynt, yn gysurus braf, yn goleuo amser tywyll y flwyddyn.

Caf y teimlad cartrefol hwn yn gyntaf bob blwyddyn pan fo'r *stollen* yn ymddangos yn y siopau, gan fy atgoffa o ddechrau'r Adfent a'r paratoadau at y Nadolig. Bob blwyddyn yn ddi-ffael, byddai dwy dorth anferth o *stollen* yn cyrraedd y tŷ erbyn dydd Sul cyntaf mis Rhagfyr, wedi eu hanfon gan Oma Lotte, mam fy nhad, a fu'n byw ym mynyddoedd yr Erzgebirge. Saith o blant oedd ganddyn nhw, pob un â theulu; felly roedd angen cynhyrchu o leiaf 16 o'r torthau anferth, gormod i un ffwrn. Gan fod y rhan fwyaf o deuluoedd y pentref mewn sefyllfa debyg, byddai'r pobydd yn ildio un noson o bobi i bob teulu, a 'nhad-cu'n mynd â'r cynhwysion lawr y bryn fin nos ar y diwrnod penodedig i'r teulu Löffler. Y bore wedyn, byddai 'nhad-cu yn tynnu'r cert bach, wedi ei lwytho'n uchel â *stollen*, lan y bryn, yn aml drwy'r eira. Gwaith Oma oedd y pacio a'r anfon. Ar fore'r Adfent cyntaf, byddai 'nhad yn taenu menyn wedi ei doddi a siwgwr eisin drostynt yn barod i'w bwyta yn y pnawn. Fel arfer byddai'r teulu yn bwyta darnau olaf y *stollen* jest cyn y Pasg gan mor fawr oeddynt. I ni, mewn ffordd, bu'r Nadolig yn para o fis Rhagfyr tan fis Mawrth.

Traddodiad ychydig yn iau yw arfer y teulu o fwyta penhwyad (*pike-perch*) ar ddydd Nadolig. Wedi cwymp Wal Berlin, bu'n bosib, o'r diwedd, i fy mam a 'nhad ymweld â brawd Mam, Wolfgang, a'i deulu yn ne Sweden. Bob haf oddi ar 1990 byddent yn mynd ar y cwch i Gothenburg a gyrru draw i Småland, ardal llawn coedwigoedd a llynnoedd mawr. Â 'nhad yn bysgotwr brwd, byddai'n treulio pythefnos yn pysgota gyda fy ewythr i reoli'r boblogaeth niferus o benhwyaid oedd yn bwyta pob dim arall. Mi aethom ninnau draw sawl gwaith hefyd, a rhai o atgofion melysaf fy mhlant oedd profi bywyd cyfoethog natur yno a dysgu pysgota (a dal penhwyaid) gyda'u Opa. Bob blwyddyn, byddai haig o benhwyaid, mewn bocs rhewi mawr, yn gwneud ei ffordd i gartref fy rhieni, yr un mwyaf (neu ddau) wedi ei glustnodi ar gyfer dydd Nadolig, pan ddeuai'n teulu cyfan o ddeg ynghyd. Fy nhad fyddai'n paratoi'r pysgod, eu sefyll lan yn y badell bobi, yr ochrau fel adenydd, yn nofio yn yr hufen wedi'i suro oedd yn tewychu'n araf bach, gyda briwsion bara yn goron euraidd, blasus arnynt. Gwledd o'r mwyaf, yn ein cysylltu â'r teulu yn Sweden ac yn dod â'r teulu cyfan at ei gilydd.

Alla i ddim atgynhyrchu *stollen* sbeislyd, bron â bod sawrus fy mam-gu, neu benhwyaid 'nhad, (er i mi ddal penhwyad yn llyn Eiddwen unwaith), ond mae ein bwyd traddodiadol gŵyl San Steffan yn cael ei baratoi gennyf yma yng Nghymru a draw yn yr Almaen bob blwyddyn erbyn hyn. Mae'r rysáit o gwningen fawr mewn hufen gyda thwmplenni tatws yn mynd yn ôl at deulu 'nhad, a theulu fy mam o Brandenburg yn gyfrifol am y bresych coch a'r bresych deiliog â bol mochyn. Cynnyrch cydweithredu rhwng fy mam a 'nhad oedd bwyd gŵyl San Steffan. Roedd y bresych wedi ei hen baratoi gan Mam, i adael blas y sbeis a'r finegr i drwytho'r bresych coch a meddalu'r bola mochyn yn y bresych deiliog nes ei fod yn toddi ar y tafod. Roedd gwaith paratoi ar y gwningen hefyd. Dridiau cyn ei goginio, byddai'r cwningod yn cael eu trochi mewn marinâd o laeth enwyn, halen, pupur a sbeisys megis eithin y cwrw neu ferywen (*allspice* a *juniper*). Tra bod y cig yn y ffwrn, byddai 'nhad yn arllwys ychydig o'r marinâd drosto bob yn hyn a hyn, gan ddefnyddio'r gweddill i greu grefi trwchus, sawrus. Yng nghanol y twmplenni – sef cymysgedd o datws wedi eu briwsioni, blawd ac wy – wedi eu berwi am 10 munud, byddai darnau bach sgwâr o fara gwyn wedi eu ffrio mewn menyn. Blas go arbennig.

Gan gyfuno gwaith mam a 'nhad, byddaf yn coginio pot mawr o *rotkohl* – y bresych coch – reit ar ddechrau mis Rhagfyr, a hyn er mwyn ei rewi ar gyfer sawl pryd o fwyd dros gyfnod y Nadolig. Gan fod ein rysáit yn galw am ddefnyddio finegr, gydag afalau, sudd afal a sbeisys megis clof, sinamon ac *allspice*, mae'r oglau cryf a fyddai'n llenwi'r tŷ yn dod ag atgofion o'm plentyndod ar ddechrau Rhagfyr yn syth. Am y ddwy flynedd ddiwethaf, fi sydd wedi cael y fraint o baratoi a choginio cwningod gŵyl San Steffan, gan wisgo'r un ffedog ag y byddai 'nhad yn ei defnyddio, a dilyn rysáit ei gyndeidiau a ddysgais wrth ei ochr fel *sous-chef* o blentyn ers talwm.

Mae 'mhlant yn Gymry Cymraeg yn y lle cyntaf, ond yn sicr eu hetifeddiaeth Almaenig, yn arbennig amser Nadolig, sydd yn cychwyn iddyn nhw ar y 6ed o Ragfyr gydag anrhegion bychain Sant Niclas ac arogl y bresych coch yn llenwi'r tŷ. Erbyn hyn, maent hwythau'n medru paratoi'r bresych a'r gwningen i barhau'r traddodiad a'i uchafbwynt ar ddydd gŵyl San Steffan yn nhŷ teuluol eu mam-gu a thad-cu.

MARION LÖFFLER

CIG OEN GŴYL SAN STEFFAN

Gan ei fod yn anodd cael gafael ar gwningod yng Nghymru, mae'r cinio Nadolig rwyf yn ei baratoi i'r plant ar y dydd Sul cyn i ni fynd draw at fy mam yn yr Almaen yn 'ffiwsion' o Gymru a'r Almaen, a chig oen arbennig o Geredigion yn llenwi'r bwlch yn ardderchog. Ac yn lle'r llaeth enwyn, mae coes neu ysgwydd y cig oen yn cael ei orchuddio â llwyth o fwstard cyn mynd i'r ffwrn.

Cynhwysion

Ysgwydd neu goes cig oen Ceredigion
Jar cyfan o fwstard Dijon (neu ba bynnag fwstard rydych chi'n ei hoffi)
2 foronen
2 ffon seleri
Halen a phupur
Sudd lemwn yn ôl y galw
Dŵr berwedig yn ôl y galw
Blawd corn ar gyfer y grefi

Dull

Cynlluniwch dair awr ar gyfer y paratoi a'r coginio. Defnyddiwch dun rhostio mawr, dwfn.

Rhwbiwch a gorchuddio'r cig oen gyda'r mwstard, gan ddefnyddio cyllell fechan i dorri mewn i'r cig a llenwi'r toriadau hynny gyda mwstard hefyd.

Gosodwch y cig oen yn y tun mewn tua modfedd o ddŵr berwedig, yna mewn i ffwrn boeth – ar y gwres uchaf – am tua 10 munud.

Torrwch y moron â'r seleri yn ddarnau gweddol fach yn y cyfamser.

Ychwanegwch y moron, y seleri at y tun gyda'r cig a digon o ddŵr berwedig i'w gorchuddio, a seliwch y cyfan â chaead neu ffoil alwminiwm.

Coginiwch yn y ffwrn, am o leiaf ddwy awr ar 180°C (ffan 160°C/nod nwy 4), neu hyd nes bod y cig yn feddal. Bob hanner awr arllwyswch ragor o ddŵr dros y cig. Gallwch weini'r cig ar wely o'r llysiau a goginiwyd yn y tun.

Os am wneud grefi:

Pan fo'r cig yn feddal, arllwyswch yr hylif a'r llysiau mewn i sosban neu dun grefi a gadewch i'r cig frownio am 10 munud arall yn y ffwrn.

Yn y cyfamser, defnyddiwch yr hylif i wneud y grefi. Malwch y llysiau sydd yno, nes i'r hylif dewychu. Mewn powlen, cymysgwch ddwy lwyaid o flawd corn ag ychydig o ddŵr oer i wneud hylif esmwyth; yna chwipio hwn i'r hylif poeth a'i ferwi nes i'r grefi fynd yn drwchus.

Mae'n mynd yn dda gyda chabaets coch.

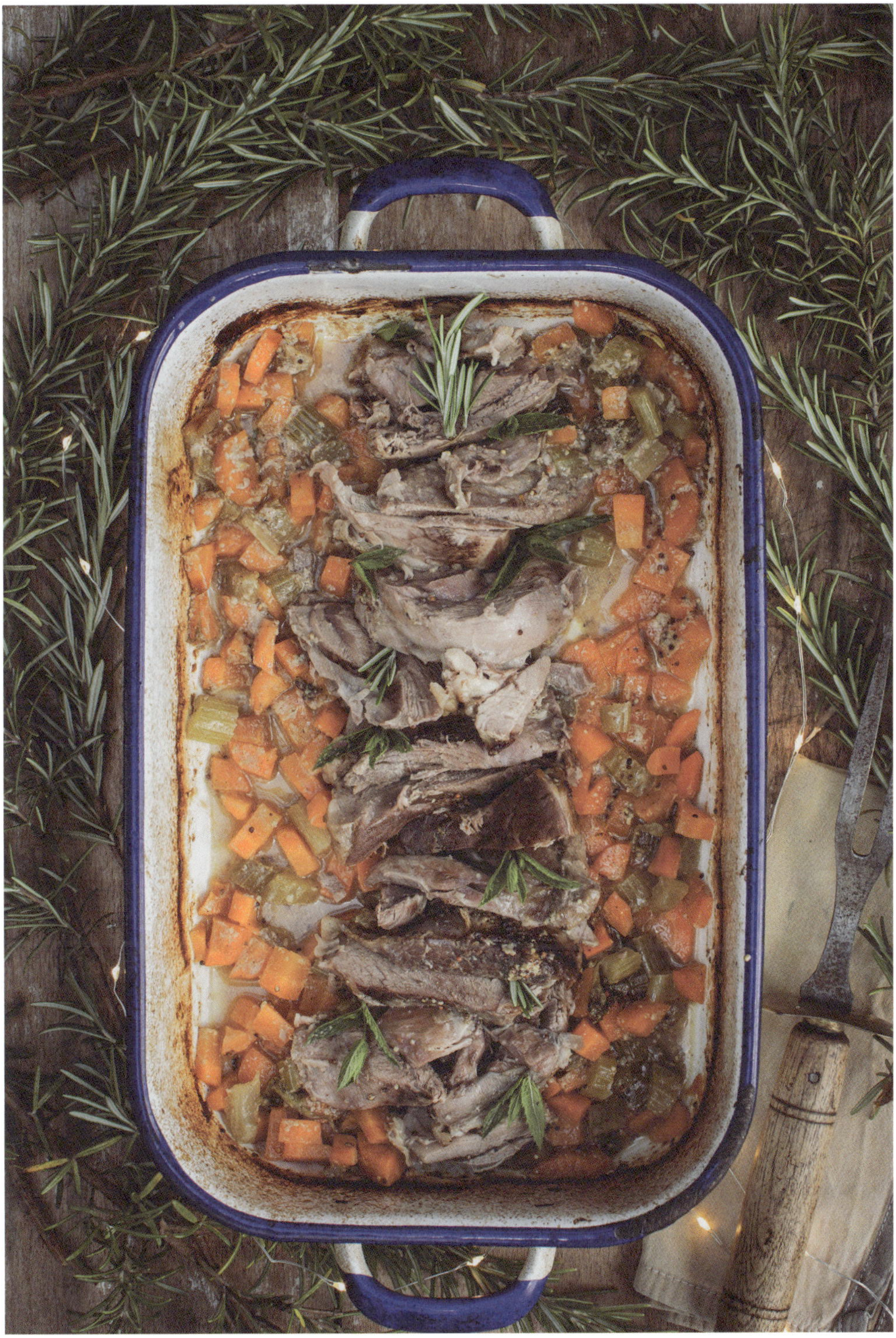

20
—

DORIAN MORGAN

BOCS SIOCLED

Mae 'na rywbeth am fwydydd y Nadolig sy'n llawn nostalgia. Yr atgofion. Y pleser. Yr hiraeth.

I rai, blas sieri fydd yn eu hatgoffa o'r ŵyl, i eraill, y stwffin a'r soch mewn sach. Ond i fi, siocled yw'r un peth sy'n llwyddo i ddod â'r atgofion hynny yn ôl.

Cofio Dad yn cael bocs o *chocolate liqueurs* Anthon Berg bob blwyddyn. Y poteli bach yr oedd angen cnoi top y botel siocled i lowcio'r Drambuie neu'r Cointreau ar ei ben. Y darnau o lemwn ac oren crisialog a gollodd y frwydr yn erbyn cawod drom o siwgwr. A Mam yn llio'r siocled oddi ar y Just Brazils gan nad oedd y dannedd dodi yn gallu ymdopi'n rhy dda â chadernid y gneuen.

Fel plentyn, y *selection box* fyddai'n codi gwên, ac yn codi pwys ar ôl llowcio Flake, Fudge a Picnic un ar ôl y llall, cyn hyd yn oed dweud 'Nadolig Llawen' wrth unrhyw un.

Ond rhaid cofio bod y *choc-fest* wedi dechrau ar y 1af o Ragfyr wrth i'r calendrau Adfent gael eu hagor. Traddodiad â tharddiad digon cyffredin, ble byddai llun o ddrama'r geni wedi bod yn digon ar un adeg i blesio agorwr y ffenest. Ond o ddiwedd y pumdegau, dechreuwyd denu prynwyr gyda darnau bach dyddiol o siocledi. Aeth yr arfer gam ymhellach yn y blynyddoedd diwethaf, wrth i'r *lip-gloss* o siopau crand fel Liberty ddisodli'r bariau bach diniwed o Freddo.

Ac yna'r tun Quality Street a fyddai, ar ôl ei wagio, yn dal y gacen Nadolig am genedlaethau i ddod. Y siocledi wedi'u lapio mewn plastig sgleiniog, gwichlyd, fel gemau gwerthfawr a bwydlen y blasau ar y garden fach tu fewn, er nad oedd angen i neb ddweud mai'r un biws oedd yr un caramel â'r gneuen, a'r un goch oedd y Strawberry Delight. Ac wrth i'r cwmni sy'n cynhyrchu Quality Street ddefnyddio papur i lapio pob siocledyn y llynedd, llugoer fu'r ymateb wrth i bobl gwyno fod yr holl beth yn fwy na cholli sglein. Fel y dywedodd Alun Cilie yn ei soned 'Sgrap': 'Aeth rhywbeth mwy na sgrap drwy iet y clos / Ar lori Mosi Warrell am y rhos'.

Erbyn heddi wrth gwrs, mae'r holl siocledi hyn ar gael drwy gydol y flwyddyn, ond cadw ein chwantau o dan reolaeth tan yr ŵyl fydd y rhan fwyaf ohonom.

DORIAN MORGAN

Dyw bwyta Quality Street neu Roses ar unrhyw adeg arall o'r flwyddyn ddim yn teimlo'n iawn rhywffordd.

Rwy'n dal i gofio siop Thorntons yn cyrraedd Caerfyrddin, ac yn meddwl 'mod i'n rhywun yn gadael y siop gyda bag o Alpini Praline. Wrth dyfu'n hŷn, mae chwaeth rhywun yn newid. Fe fydda i'n pendroni cyn yr ŵyl pa siocledi i'w prynu fel *treat* i fi fy hun (NID i'w rhannu!). Rococo, Leonidas, Paul A. Young, Alain Ducasse, Pierre Marcolini, Charbonnel et Walker neu Pierre Hermé? Does dim angen mynd i bellafion byd i'w cael chwaith gyda'r cyfan ar werth ar y we. Ac er mor foethus yw'r siocledi ac mor anghyffredin yw'r blasau, troi 'nôl at siocled fy mhlentyndod fydda i bob tro.

Er fy mod yn agosáu at yr hanner cant, mae'r hosan Nadolig yn dal i gymryd ei lle ar waelod fy ngwely (fi'n gwbod ...) ac yn ei chrombil mae'r oren siocled a'r oren go iawn. Dyma flasau'r Nadolig, os buodd rhai erioed. Mae'r dasg o chwalu'r oren siocled yn sleisys yn digwydd ymhell cyn agor yr anrhegion, ac fel arfer bydd yr oren cyfan wedi'i orffen ymhell cyn cinio. Dyma frenin siocled y Nadolig, heb os. Mae bron angen morthwyl i'w dynnu'n ddarnau, ond pan fydd y darnau'n agor fel petalau gan adael y boncyff ar ôl, wel, mae'n Ddolig go iawn.

A beth am y Matchmakers wedyn? Y ffyn bach tenau, rhychiog, ble mae'n rhaid bwyta tair neu bedair gyda'i gilydd i gael y pleser mwyaf. A dim ond un blas wneith y tro – sef mint, wrth gwrs.

DORIAN MORGAN

A sôn am flas mintys, efallai mai'r siocled Nadoligaidd mwyaf eiconig yw'r rhai a ddaw yn yr amlenni bach duon soffistigedig. Ces sawl llond pen dros y blynyddoedd am roi amlenni gwag 'nôl yn y bocs. Ond ar ôl trio sawl math o siocled mintys tywyll dros y blynyddoedd, ddaw dim byd yn agos at yr After Eight. Ffresni'r past mintys gwyn (ddim yn annhebyg i bast dannedd), gorchudd tenau o siocled tywyll a llond bocs o amlenni duon fel rhesaid o waith papur mewn *filing cabinet* bach ciwt.

Toc cyn y Nadolig bob blwyddyn, fe fydda i'n codi pac ac yn mynd am wyliau byr – tridiau ar y mwyaf. A phob tro, fe fydda i'n prynu rhywbeth i'w fwynhau dros yr ŵyl. Mae'n ddiddorol gweld arferion gwledydd eraill pan ddaw hi'n fater o fwydo'r chwantau melys. Pawb â'i draddodiad yw hi. *Marrons glacés* yn Ffrainc; pob math o ddanteithion marsipanaidd yn yr Almaen; y *turrón* yn Sbaen; y *panettone* a'r *pandoro* yn yr Eidal, a'r *candy canes* yn America. Mae'r siopau siocled mewn dinasoedd fel Paris, Brwsel a Zürich yn trin eu creadigaethau melys fel gemau gwerthfawr Chopard neu Boucheron, sy'n arwydd o warineb, yn fy marn i.

Pa mor ffansi bynnag yw'r bocs siocled sydd yn fy nghôl, troi 'nôl at siocled traddodiadol fy mhlentyndod fydda i yn amlach na heb. Ody hi'n wyth o'r gloch eto, gwedwch? Wyth y bore neu wyth y nos? Pwy ydw i i farnu?

21
—

ELIDIR JONES

PWY SY'N DŴAD
(STORI ARSWYD O FLAEN Y TÂN)

Trodd Nic drosodd yn ei wely, a gweld rhifau coch haerllug ei gloc larwm yn goleuo cysgodion yr ystafell.

06:19

Go brin y byddai unrhyw un ar eu traed yr adeg hon o'r bore ar noswyl Nadolig. Tybed a fyddai siawns am awr neu ddwy ar yr Xbox heb neb yn swnian arno?

Gadawodd dywyllwch trymaidd ei ystafell. Oedodd ar ben y grisiau, ei galon yn suddo. Roedd ei dad ar ei draed yn barod. Fe'i gwelodd o'i flaen yn sefyll ar y landin yn sythu'r llun o'r teulu bach oedd yn hongian ar ben y grisiau – mam, tad, mab a merch, yn gwenu'n bedwar del – y teulu oll ynghyd.

Dim llonydd wedi'r cwbl, felly.

'Bore da,' meddai Nic yn robotaidd, gan obeithio na fyddai ei dad yn cymryd llawer o sylw ohono'n sleifio heibio.

'Hmm,' atebodd ei dad, ei feddwl yn amlwg ymhell.

Brasgamodd Nic at y lolfa, lle roedd yr Xbox yn aros amdano'n amyneddgar ... ond dyna ble roedd ei fam yn penlinio o flaen y lle tân, yn stwffio rhywbeth i fag yn frysiog.

'Mam?'

'Haia. Jest yn pacio presanta Nain. Ti *yn* cofio'n bod ni'n mynd i'w gweld hi heddiw, *bright and early*? Fydd hi ddim yma fory, yli. Treulio Dolig efo Anti Cerys a'r teulu. Er, dwn i'm sut amser geith hi, efo Cerys yn figan. Uffar o beth.'

'Wrth gwrs 'mod i'n cofio,' meddai Nic yn llawn hyder celwyddog.

'Dos i ddeffro Martha, 'ta. Darn o dost, brwsio dannedd, a fyddwn ni o 'ma.'

Ochneidiodd Nic yn orddramatig. Aeth yn ei ôl i fyny'r grisiau. Taflodd ddrws ystafell ei chwaer fach ar agor led y pen, cicio ei gwely a chyfarth arni i godi. Gwnaeth Martha ddim ond mwmian rhywbeth a rowlio drosodd.

Teimlodd Nic ei dymer yn cynhesu a'i waed yn berwi. Martsiodd am yr ystafell molchi, llenwodd wydr â dŵr, martsio yn ôl, a thywallt y cyfan dros ben ei chwaer. Llamodd Martha o'r gwely, gan dasgu i lawr y grisiau a rhedeg yn syth i freichiau ei mam yn llefain.

'Nic!' Daeth y llais anochel o waelod y grisiau. 'Chwech oed ydi dy chwaer! Y *bwli* bach! Gei di anghofio am unrhyw bresanta fory os ti'n cambihafio fel'na. Wyt ti'm yn dallt nad ydi Siôn Corn ddim yn dod i dai plant drwg?'

'Mam! Dwi'n *ddeg*! Wnes i stopio coelio yn y stwff 'na *ages* yn ôl!'

Udodd Martha'n uwch fyth. Rhegodd tad Nic dan ei anadl, gan ddifaru'n dawel iddo gael plant.

Awr yn ddiweddarach, wedi gwasgu gwerth diwrnod o strancio a ffraeo mewn i fore, roedd y teulu wedi'u gwthio mewn i'r Kia Sportage ac ar eu ffordd i dŷ Nain. Erbyn hynny, doedd dim llawer o Gymraeg rhwng neb, a Brigyn, Pazuzu a'r Mattoidz ar y radio'n llenwi'r distawrwydd pwdlyd.

Dyna oedd y noswyl Nadolig ddiflasaf i Nic ei chael erioed. Bu'n cicio ei sodlau am oriau mewn cegin hen ffasiwn wrth i'w nain a'i fam drafod pobl oedd wedi hen farw, ac yntau'n methu peidio â meddwl am y pentwr o gemau newydd fyddai'n siŵr o fod yn disgwyl amdano'r bore wedyn o dan y goeden. Yn y man, trodd y cicio sodlau yn gicio go iawn yn erbyn coesau'r bwrdd, ac yna'n ochneidio theatrig, uchel, ac yna'n gorws, swnllyd, di-baid o 'Mam! Mam! Mam!'

Trawodd ei fam ei llaw yn galed yn erbyn y bwrdd.

'Nic! Be ddudis i am Siôn Corn?'

'Ti'n lwcus bod ti'n byw yn y wlad hon, washi,' meddai Nain, gan droi ei llygaid gleision miniog ar Nic, ei llais yn grynedig ac yn dywyll. 'Yn Awstria a'r Almaen, Krampus sy'n fisitio adeg Dolig. Mae'n curo plant drwg a'u llusgo nhw i ffwrdd. Yng Ngwlad yr Iâ, mae'r cawr Gryla yn eu bwyta nhw mewn cawl. Wedyn dyna Frau Perchta ym mynyddoedd yr Alpau, sy'n torri boliau plant drwg ar agor, tynnu'r holl gyts allan a ...'

'Asu, Mam!' medd mam Nic. 'Rho'r gora iddi! Dwi'n difaru prynu'r Discovery Channel i ti os mai fel hyn ti'n siarad. Callia, wir!'

Roedd hi ymhell wedi cinio arnyn nhw'n gadael, ac os oedd Nic yn anniddig cyn hynny, roedd o'n gorwynt o ddiflastod a salwch car erbyn diwedd y siwrne.

A hithau wedi blino'n llwyr ar Nic a'i ddrygioni, diflannodd ei fam i'w hystafell i lapio presantau. Gwnaeth ei dad esgus tila a mynd i gyfeiriad tŷ Dave drws nesa, oedd – drwy gyd-ddigwyddiad llwyr – newydd osod bar yn ei sied. Dechreuodd Martha chwarae â llaid yn yr ardd ar ôl i'w brawd wrthod gadael iddi gyffwrdd â'r Xbox.

Yn sydyn, doedd neb arall yno ac roedd Nic ar ei ben ei hun yn yr ystafell fyw. Berwai o ddicter ofer am anghyfiawnder y sefyllfa. Roedd ar dân i ddod o hyd i ffordd o gael gwared ar y teimlad ofnadwy. Ac yn union fel petai o'r peth mwyaf naturiol, anelodd am y pentwr anrhegion a orweddai o dan y goeden yn barod am yfory a dechrau rhwygo'r papur a'r labeli oddi arnyn nhw'n wyllt, gan ddiawlio pawb a phopeth. Clywodd ei fam y twrw a gwibio i lawr y grisiau.

'*Nic*! Be ti'n *neud*?!'

Rhewodd Nic. Roedd o'n gwestiwn da, a doedd ganddo ddim ffordd o ateb mewn geiriau. Dyna oedd pwynt y peth. Ymateb tymer wyllt, dieiriau oedd hyn.

'Blydi hel! Ti fel plentyn allan o *Children of the Damned*! Wel, ti **ddim** am sbwylio gweddill y noson. I dy stafall! Rŵan! Ella gei di fins pei nes 'mlaen, ond ti ddim yn dod lawr eto heno. Dim hyd yn oed i wylio *Jurassic World*. Roith o gyfla i fi drio sortio'r llanast 'ma.'

'Be?! Ond Mam ...!'

'FYNY! RŴAN!'

Roedd Nic yn gwybod nad oedd pwynt dadlau â'i fam yn y fath dymer. Dringodd y grisiau gan hwffian a phwffian, a chau drws ei ystafell yn glep. Taflodd ei hun ar ei wely. Plannodd ei ben yn ei obennydd a syrthio i gysgu.

Erbyn iddo ddeffro a chodi, roedd yr ystafell yn dywyll. Oedd hi wedi nosi?

Na! Na, doedd bosib bod cymaint o amser wedi mynd heibio. Edrychodd ar ei gloc larwm mewn panig.

15:19

Ond hyd yn oed yn nyfnderoedd gaeaf fyddai hi ddim yn gwbl dywyll yr adeg yma o'r dydd. Camodd Nic at y ffenest. Gallai weld fod yr haul yn dal yno, yn suddo'n gyflym tua'r gorwel, ond roedd caddug du fel petai'n gorchuddio wyneb y ffenest ... ac yn gwthio'i ffordd heibio'r gwydr i mewn i'r ystafell tuag ato. Disgynnodd Nic yn ôl o'r ffenest wrth i'r bysedd caddug du ymestyn amdano, trodd ar ei sawdl yn chwim i ddianc. Ym mhen arall yr ystafell wely gwelodd gysgod duach na du'n llithro'n gwmwl tywyll allan o'r hen le tân fel petai'n llifo o'r sment rhwng y briciau.

Newidiodd y cysgod ei siâp a chodi'n dal o flaen Nic. Gwelodd goesau cyhyrog a breichiau hirion. Dau lygad fel darnau glo llosg. Dannedd milain, miniog. Agorodd Nic ei geg i sgrechian, a ...

★

Ar fore Nadolig, cododd mam Martha'n gynnar. Roedd ei merch ar ei thraed eisoes yn llawn cynnwrf prysur yn dadlapio anrhegion ar lawr yr ystafell fyw.

'Nadolig llawen!' galwodd ei mam yn llon gan ymuno â Martha wrth y goeden. Gwthiodd anrheg fawr tuag ati. 'Mae hwn i ti. Drycha, dy enw di ar y label yn fan'na.'

ELIDIR JONES

Rhwygodd Martha'r papur. Ebychodd. Trodd at ei mam a'i llygaid yn fawr fel soseri.

'Xbox!'

'Ti wedi bod yn swnian am un, a Siôn Corn yn meddwl bod chdi'n ddigon hen i gael un bellach.'

Daeth llais blinedig, caredig o'r landin uwchben.

'Ydi o 'di bod?'

'Dadi! Yli! Mae Siôn Corn 'di dod ag Xbox!'

Dylyfodd tad Martha ei ên a cherddodd yn gysglyd at ben y grisiau. Oedodd am eiliad i sythu'r llun oedd ar y wal ohono yntau, ei wraig, a Martha, y tri'n gwenu'n ddel – y teulu oll ynghyd.

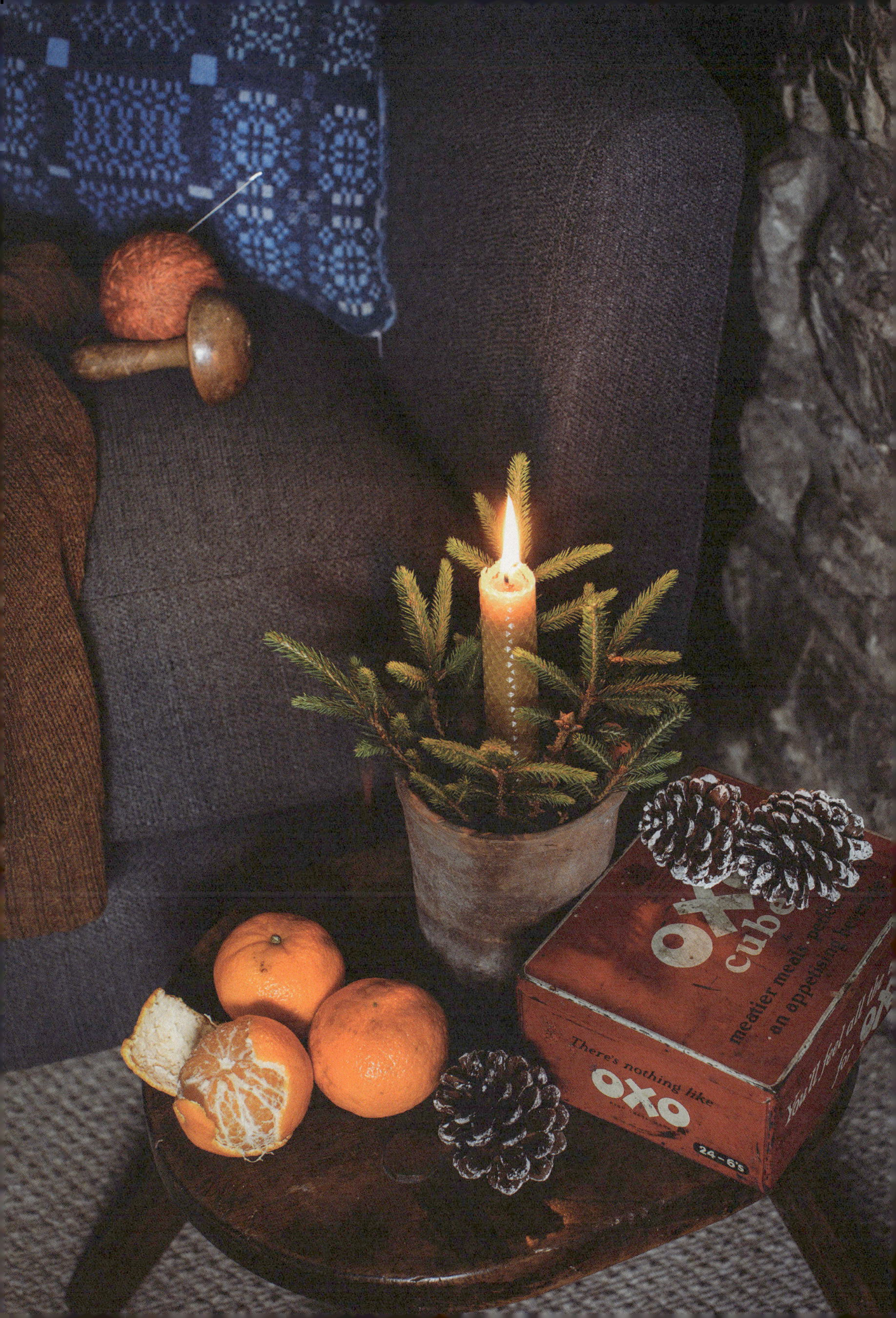
There's nothing like
OXO
24-6's

22

ELINOR WYN REYNOLDS

TEISEN EIN BREUDDWYDION

Un tro – yn ystod y cyfnod rhyfedd hwnnw rhwng y Nadolig a'r flwyddyn newydd, y cyfnod hudolus pan fo amser yn toddi ac yn ymestyn, pan fod un flwyddyn ar fin marw ac un arall heb ei geni – aeth ein teulu ni am drip i Lundain i weld y goleuadau. Fe fuon ni'n rhyfeddu at bethe dinesig, dieithr, a syllu ar fogel y byd.

Rhywbryd yng nghanol y pentwr dyddiau gwallgo, gwyllt, fe aethon ni i gaffi yn Spittalfields am de ar ben talar. Yno ar y cownter roedd teisen wyrthiol dan gromen wydr, gem amhosibl ei gwedd, teisen dywyll ag eisin llachar, fel lipstic menyw ffansi, yn labswchad drosti. Teisen siocled a betys.

Yn betrusgar, fe archebon ni un darn a phedwar fforc. Plannodd pawb eu ffyrc i ganol y deisen a rhoi darn yn ein cegau heb ddweud dim … profi gwefr … a gwenu. Roedd dyfnder crwn melyster y siocled ynghyd â blas priddlyd, elfennol a dwys y betys, yn rhyfeddod. Dyma oedd profiad annisgwyl. A'r lliw! O! Y lliw. Rhyw ffantasi pinc, syrcas o liw, a rhywle yng nghanol siwgwr boncyrs yr eisin, roedd adlais o rin blas y betys.

Fe archebon ddarn arall … sawl un, cyn cael ein gwala. Adre â ni wedyn i dorchi llewys at y flwyddyn newydd a ymestynnai'n llwm o'n blaenau.

Ond roedd rhywbeth am y deisen honno a arhosodd yn ein cof fel profiad a flasai fel y Nadolig. Nawr, dyw'n teulu ni ddim yn hoff o bwdinau traddodiadol yn llawn ffrwythau sych a rhyw bethe felly, ac wrth i Nadolig arall rowndo'r gornel yn llawn tinsel a ffwdan, fe gofiais am y deisen siocled a betys.

'Chi'n cofio'r dishen 'na …?' medde fi. 'Yr un yn Llunden.'

'Honna 'da'r eisin gwyllt?'

'Y dishen *delish*?'

Roedd pawb yn cofio, wrth gwrs eu bod nhw. Es i chwilio am rysáit ar y we. Yna, casglu'r cynhwysion ynghyd. Deuddydd cyn y Nadolig, clirio'r decs yn y gegin a bwrw iddi i ail-greu lledrith. Doedd y tro cyntaf ddim yn hawdd, cymysgu a pharatoi'r cynhwysion mewn dwy bowlen ar wahân cyn cyfuno, a stecs siocled tawdd a betys fel myrdyr dros bob dim yn y gegin. Ond o! Y deisen! O ie! Y deisen! Ar y dydd Nadolig hwnnw, fe arllwysodd y deisen ei

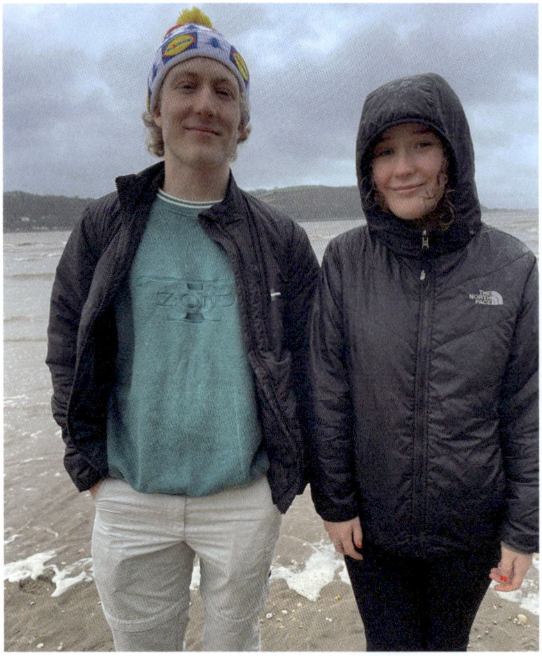
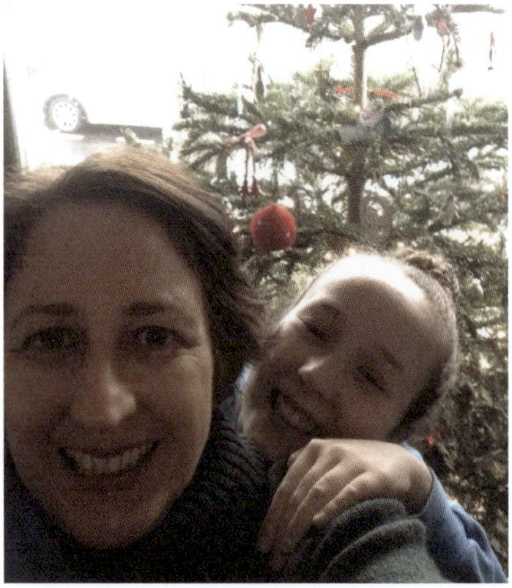
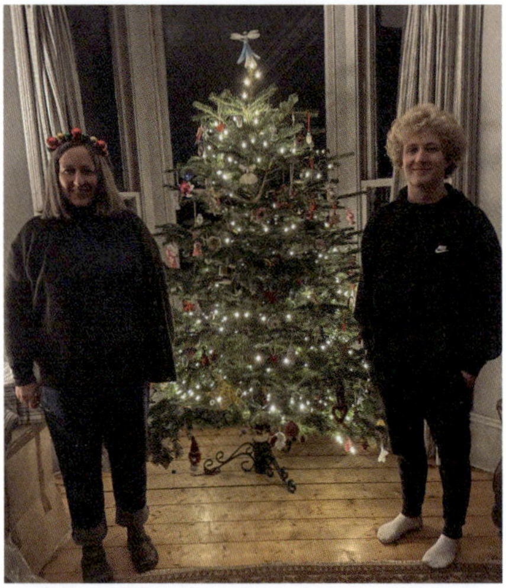
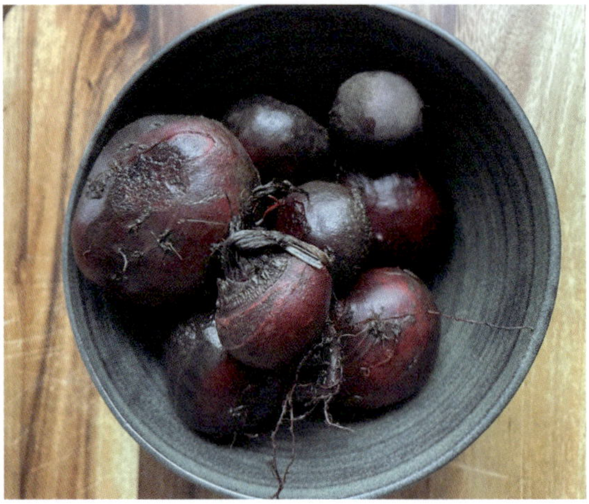
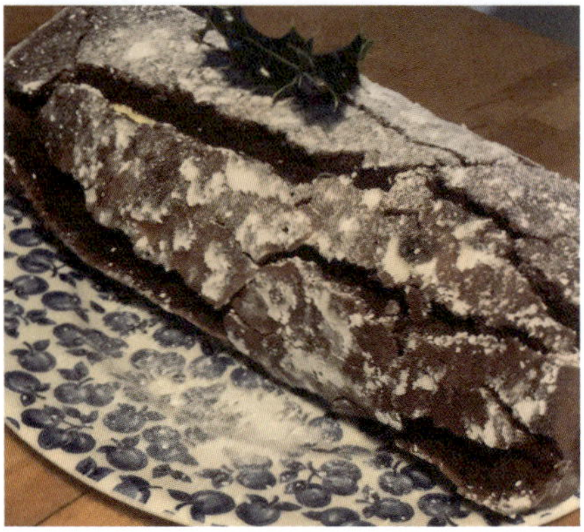

chyfoeth fel cyfrinach foethus yn anrheg ar draws y bwrdd bwyd, carol o flas a lliwiau ganol gaeaf noethlwm. *Dyma* fyddai ein teisen Nadolig ni.

Byth ers hynny, mi rydw i'n tyfu rhesaid o fetys yn yr ardd er mwyn eu cynnwys yn y mics. Ganol haf, rwy'n gwylio'r betys bach yn tyfu a meddwl mlaen at yr amser pan fydd y dyddiau'n fyr a'r sêr yn pwytho'u golau gwyn i'r wybren dywyll. A phob blwyddyn daw'r deisen siocled a betys i'r bwrdd yn rhan o ddefod yr ŵyl. Aur, thus a myrr … siocled a betys.

★

Un flwyddyn, ddim mor bell yn ôl â hynny, fe gyhoeddodd y plant eu bod *nhw* am wneud teisen ar gyfer y Nadolig.

'Ond … rwy wastad yn neud y deisen siocled a betys!'

Fe ddiflannodd y ddaear o dan fy nhraed. Suddais i drobwll tywyll, un ble fedrwn i ddim dychmygu unrhyw beth heblaw am storom wyllt o fetys a siocled yn chwyrlïo o 'nghwmpas, a'r Nadolig yn bygwth syrthio'n glatsh ar lawr fel teisen mewn damwain.

'O! 'Co be' chi 'di neud! Chi 'di sbwylo fe i gyd! Ma Nadolig wedi'i strywa nawr!'

Buodd yn rhaid i fi gael gair go stiff â fi fy hun. Achos, dim ond teisen yw hi, fenyw. Fe dyfais i lan yn gyflym, cymryd anadl a gadael i bethe lithro o fy nwylo, jyst gadael i bethe ddigwydd.

Bu'r ddau wrthi'n y gegin yn mesur, yn cymysgu ac yn joio'u gwaith, yn gwmws fel corachod tymhorol prysur. Ymhen amser, fe drodd cogyddion bach Siôn Corn yr holl gynhwysion yn *roulade* Nadolig siocled, hufennog, ysgafn.

Ac yn wir, fel droiodd pethe mas, nid dim ond teisen *oedd* hi wedi'r cwbl, ond rhywbeth oedd yn blasu o berthyn a chwerthin, cariad a defod. Neu, o leia dyna flasais i'r Nadolig hwnnw.

ELINOR WYN REYNOLDS

TEISEN SIOCLED A BETYS

Cynhwysion

200g menyn, peth ychwanegol er mwyn iro
250g betys wedi'u coginio a'u plicio
Sudd y betys ar ôl coginio
200g siocled tywyll (70% cocoa)
4 llwy fwrdd o goffi espresso poeth
135g blawd plaen
1 llwy de fawr o bowdr pobi
3 llwy fwrdd o bowdr coco
5 wy, wedi'u gwahanu
190g siwgwr caster golau
150g siwgwr eisin ar gyfer addurno

Dull

Cynheswch y popty i 180°C (ffan 160°C/nod nwy 4). Irwch dun teisen crwn 20cm gydag ychydig o fenyn a leinio gwaelod y tun gyda phapur pobi.

Torrwch ben a chynffon y betys gan adael y croen. Berwch y betys mewn sosban o ddŵr hyd nes eu bod yn feddal. Pliciwch y croen yna eu malu mewn i biwrî. Cadwch y dŵr betys ar gyfer rhoi lliw i'r eisin nes ymlaen.

Toddwch y siocled mewn powlen dros sosban o ddŵr poeth (peidiwch â gadael i waelod y bowlen gyffwrdd â'r dŵr), yna arllwys y coffi poeth drosto a'u cyfuno.

Cymysgwch y menyn wedi'i dorri'n ddarnau mân i'r cymysgedd a'i adael i feddalu.

Tynnwch oddi ar y gwres a gadael iddo oeri rhyw fymryn.

Yn y cyfamser, hidlwch y blawd, y powdr pobi a'r powdr coco gyda'i gilydd a'u rhoi o'r neilltu.

Gwahanwch yr wyau. Chwisgiwch y melynwy mewn powlen nes ei fod yn ewynnog. Cymysgwch y melynwy mewn i'r cymysgedd siocled a menyn, yna plygu'r piwrî betys i'r cymysgedd hefyd.

Chwisgiwch y gwynnwy hyd nes i gopaon pigog ffurfio wrth dynnu'r chwisg ohono. Plygwch y siwgwr mewn i'r gwynnwy.

Plygwch y cymysgedd siwgwr a'r gwynnwy ynghyd â'r cymysgedd siocled, yna plygu'r cymysgedd blawd a phowdr coco i'r cyfan.

Arllwyswch y cymysgedd i'r tun a baratowyd a choginio am 40 munud, neu hyd nes bod llafn cyllell yn dod allan yn lân o ganol y deisen.

Pan mae'r deisen yn barod, tynnwch o'r popty a gadael iddi oeri yn y tun, yna'i rhoi ar blât.

Hidlwch siwgwr eisin mewn i bowlen ac ychwanegu diferion o ddŵr a sudd y betys wedi'u coginio, hyd nes ei fod yn drwchus ac yn binc llachar. Taenwch yr eisin yn drwch ar ben y deisen.

Nadolig Llawen!

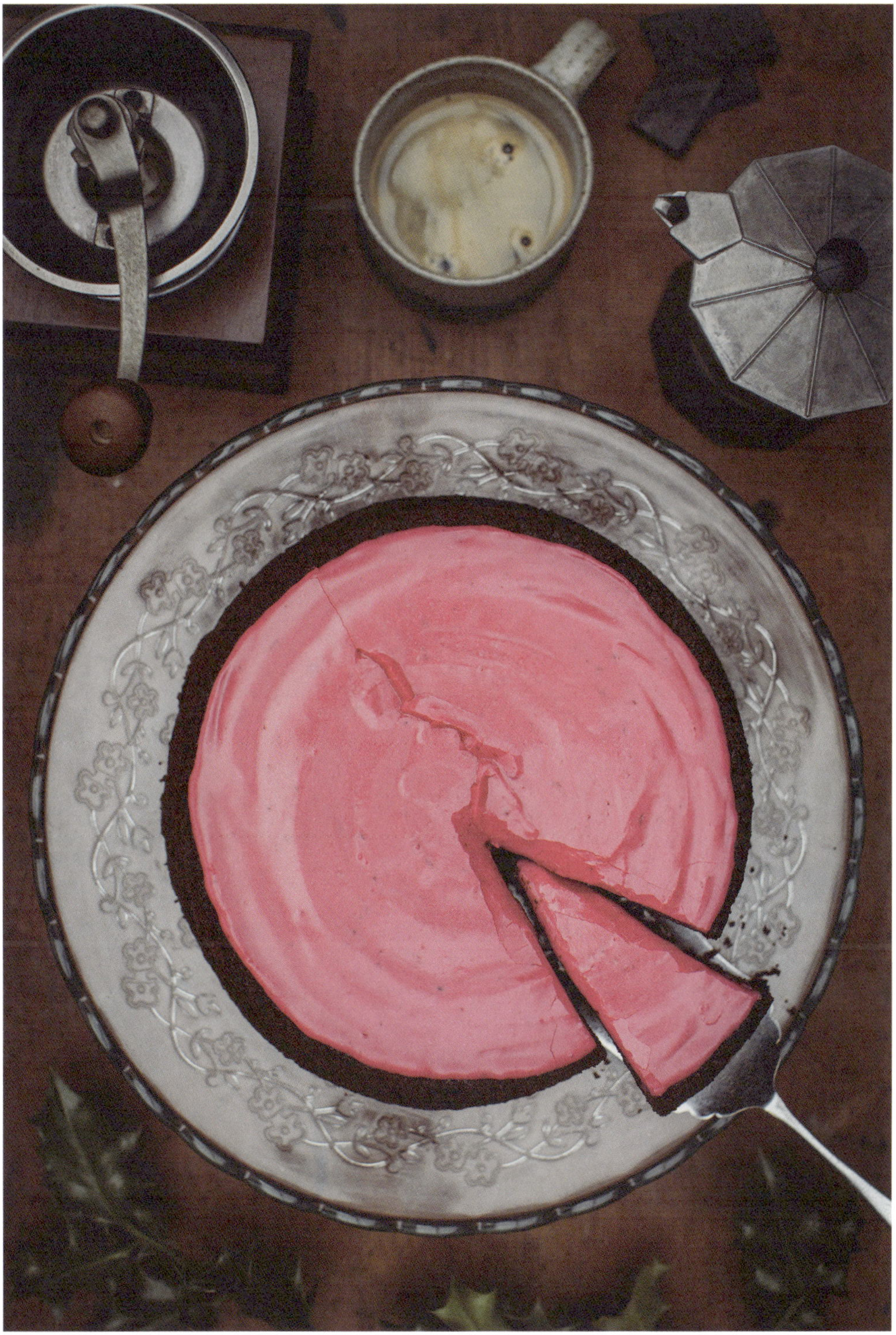

23

CARWYN GRAVES

TU HWNT I'R TWRCI A'R TEULU

'Doedd yna ddim Nadolig yn y gymdogaeth lle magwyd fi rhyw bedwar ugain mlynedd yn ôl,' meddai'r bardd Elfed un tro wrth sôn am yr 1870au yng nghefn gwlad Sir Gâr. Gor-ddweud yr oedd e, fel mae gweddill y cyfweliad yn ei wneud yn glir – ond mae yn ei eiriau gipolwg ar realiti cymdeithasol o gylch y Nadolig a oedd yn arfer tra-arglwyddiaethu yng Nghymru, ond sydd erbyn hyn wedi mynd i ryw drwmgwsg. Y realiti cymdeithasol yma oedd mai diwrnod o fewn tymor oedd y Nadolig, diwrnod a oedd yn clymu hanes geni'r Iesu gydag arferion cymunedol oedd yn dathlu'r ffaith syfrdanol, gorgyfarwydd hwnnw bod bywyd newydd yn codi o ganol marwolaeth ...

> Âi dau neu dri dyn
> Tua deg o'r gloch i raffu'r mochyn;
> Cai ei yrru a'i dynnu o'i dwlc ...
>
> Yna fe wyliwn y dynion
> Yn tywallt dŵr twym
> Ar ei gefn a'i dor i gyd
> Ac yn crafu a sgathru'r gwrych
> Yn y gwynt, yr ager a'r gwaed ...
>
> Ond gwyddwn yn yr oedran hwnnw
> Mai rhaid oedd lladd y creadur
> I'n cadw mewn cig a bloneg.
> Roedd y gaeaf o'n blaenau.
> (o 'Diwrnod Lladd Mochyn', Donald Evans)

Y sgrech a ebychai'r mochyn â'i anadl olaf oedd yn byw yng nghof fy nhad-cu ar ôl yr arfer yma, defod flynyddol ym misoedd y gaeaf a oedd wedi uno cynifer o bobl Cymru, o'r cymoedd diwydiannol i berfeddion y wlad, ers ymhell cyn dechrau cadw cofnodion hanesyddol. Roedd rheswm da y tu ôl i ddefod y lladd; y moch wedi pesgi trwy fisoedd yr hydref a bloneg y cynhaeaf a thymor y tanau bellach wedi cychwyn. Y braster yn llifo, a hwnnw'n anhepgor at gacennau a phice bach o bob math; danteithion y misoedd llwm dan do. Modd i fyw, mewn gwirionedd, oedd y coesau moch yn hongian o'r trawstiau; yr oergell gynt, wedi'u selio â mwg.

Gwaith, wrth gwrs, a digonedd ohono, o hogi'r cyllyll i ferwi'r crochanau mawrion. Nid un dyn, chwaith, sy'n mynd ati i ladd mochyn. Rhaid wrth osgordd, mintai o weithwyr i grafu a moeli, i sgrafellu a phrosesu. Hwyrach bod ffieiddio y tu ôl i'r anadlu trwm; ond os am fwyta, ymlaen â'r gwaith.

Ac wedyn, digonedd: i'w rannu ac i'w roi i gadw. A blas y bloneg wrth wraidd y cyfan. Nid hap a damwain bod gwledda ar gorff mochyn marw yn arferiad a rennir o gymdeithas i gymdeithas, gan uno Cwm-sgwt, Cymru â Cebu, Pilipinas. Y blas hwnnw a rennir trwy gyfnod y dathlu, o Galan Gaeaf i ddydd Calan gan gwmpasu'r gwyliau i gyd. Fel y cofia Vernon Watkins yn ei gerdd 'The Ballad of Mari Lwyd' wrth i'r Fari alw heibio:

> There were jumping sausages, roasting pies,
> And long loaves in the bin,
> And a stump of Caerphilly to rest our eyes,
> And a barrel rolling in.
> Or a ham-bone high on a ceiling hook ...

Rhialtwch a gwledda felly; troi gwaith y dwylo niferus yn wledd i'r genau, o ddrws i ddrws. Daw bywyd yn y cwmni, a thrwy'r gwmnïaeth hefyd. Efallai bod rhamantu yma? Ond nid yn y lladd, siawns. Nac yn y cega a'r clecs, y gor-wneud a'r chwerthin-hyd-ddagrau.

Tymor felly, a thymor a rennir rhwng lladd a byw, llafur a gwledda, plygain a'r Fari. Hanner diwrnod o baratoi oedd y Nadolig; dechrau deuddeg o ddiwrnodau'r Nadolig, 'y gwyliau'. A'r Calan wedyn yn eu plith, a'r Hen Galan i ddilyn. Noson gyflaith, pwdin plwm, canu a chasglu calennig. Y cwbl rhwng cymdogion, peth wmbredd o ddrws i ddrws. Y dafarn a'r eglwys, y clos a'r capel, i gyd yn llefydd cymunedol, cymdogol – a'r hwyl a'r hanner-celwyddau y mae hynny oll yn ei olygu. Do, fe ddaeth y twrci, a'r teulu o gylch y tân, ymhen y rhawg, ond am flynyddoedd lawer, ar gerdyn post ac mewn cylchgrawn yn unig fyddai hynny. Dim ond dros amser y daeth ffaith i ddynwared ffuglen.

Ac wrth gwrs, i ni mewn byd lle mai siarad gyda'n ffonau a wnawn gan ddisgwyl dealltwriaeth wrth dechnoleg artiffisial, collasom ein hiaith gyffredin â'r creaduriaid a arferai ein cysuro a'n cynnal. Cyd-fyw â moch a wnaem oll; eu bwydo, eu hedmygu, rhannu maldod cyn eu lladd. Ond roedd gan y moch hefyd farn, bid siŵr, a dyma un yn mynd i godi llais amser maith yn ôl gyda bardd gwlad – hyn cyn oes y twrci a'r teulu, wrth gwrs ...

    Ac yna, ymhen tipyn
    Fe glywyd llais y Mochyn –
    'Foneddigion un ac oll,
    Rwy'n cynnig i ni fynd ar goll
    Rhai gyda'r afon a rhai gyda'r gwynt
    Rhai dros y caeau ar eu hynt,
    I wlad lle nad oes unrhyw sôn
    Fod Nadolig yn nesáu ...'
            ('Mae'r Nadolig yn Nesáu', Idwal Jones)

CARWYN GRAVES

MIOGOD CRIWSION

Dyma gymryd dwy rysáit draddodiadol o gyfnod y Nadolig yng Nghymru – a'u huno. Yn hyderus yn yr wybodaeth bod uno ar ryseitiau, cyfuno'r hyn sydd wrth law, wastad wedi bod wrth graidd ffyrdd gwerinol o goginio. Rhan o ddathliadau'r Calan yn Sir Benfro oedd pobi miogod, teisennau bychain, ac roedd un yn cael ei roi wrth groesawu plant a ganai galennig o ddrws i ddrws. Criwsion (creision neu *crackling* yn Saesneg) yw'r darnau o fraster crimp sydd dros ben wedi gwneud saim o'r mochyn; roedd teisennau criwsion melys yn gyffredin iawn yng Nghymru hyd o fewn cof byw. Lle bydd y mochyn wedi cael bywyd rhydd, gan fedru crwydro fel y mynno yn yr awyr agored, bydd ansawdd y saim yn llawer mwy maethlon na fel arall …

Cynhwysion

900g blawd plaen
50g burum
150g siwgwr caster
120g criwsion
120g cwrens/syltanas sychion
50g pil oren
2 wy
500ml llaeth
Pinsiad hael o halen

Dull

Cymysgwch y burum gydag ychydig o ddŵr twym a llwy de o siwgwr mewn cwpan.

Gosodwch y blawd mewn powlen gynnes a rhwbio'r criwsion i'r blawd. Ychwanegwch y ffrwyth, y pil a'r siwgwr, a phinsiad o halen.

Curwch yr wyau, a chyfuno'r burum a'r llaeth cynnes â'r cymysgedd.

Gwnewch dwll yng nghanol y cymysgedd sych ac arllwys yr hylif i'r twll. Cymysgwch yn dda a thylino.

Gadewch mewn man cynnes i godi am awr gyda chlwtyn drosto.

Pan fydd y toes wedi dyblu o ran maint, rholiwch ar fwrdd blawdog a'i rannu'n ddarnau i greu peli toes, digon i wneud rhyw 30 bynsen. Gosodwch y byns ar hambwrdd pobi, gyda digon o le rhyngddynt. Gadewch iddynt godi eto am hanner awr mewn man cynnes.

Pobwch nhw mewn ffwrn boeth ar dymheredd o 210°C (ffan 190°C/nod nwy 5) am 15–20 munud.

Rhowch sglein drostynt pan fyddant yn dwym o hyd, gyda chymysgedd o siwgwr a dŵr cynnes.

Nodyn: y ffordd orau o gael criwsion fel hyn yw prynu ysgwydd porc, tynnu'r braster cyn coginio'r cig a'i goginio ar wahân yn y ffwrn am ryw 20 munud, a'i adael i oeri. Yna bydd yn barod i'w ddefnyddio – yn y rysáit hon neu fel byrbryd arbennig i'w weini gyda seidr neu win coch. Hefyd, os na fedrwch chi gael gafael ar griwsion/braster cefn mochyn, defnyddiwch saim mochyn neu ŵydd, (nid pork scratchings *mewn pecyn).*

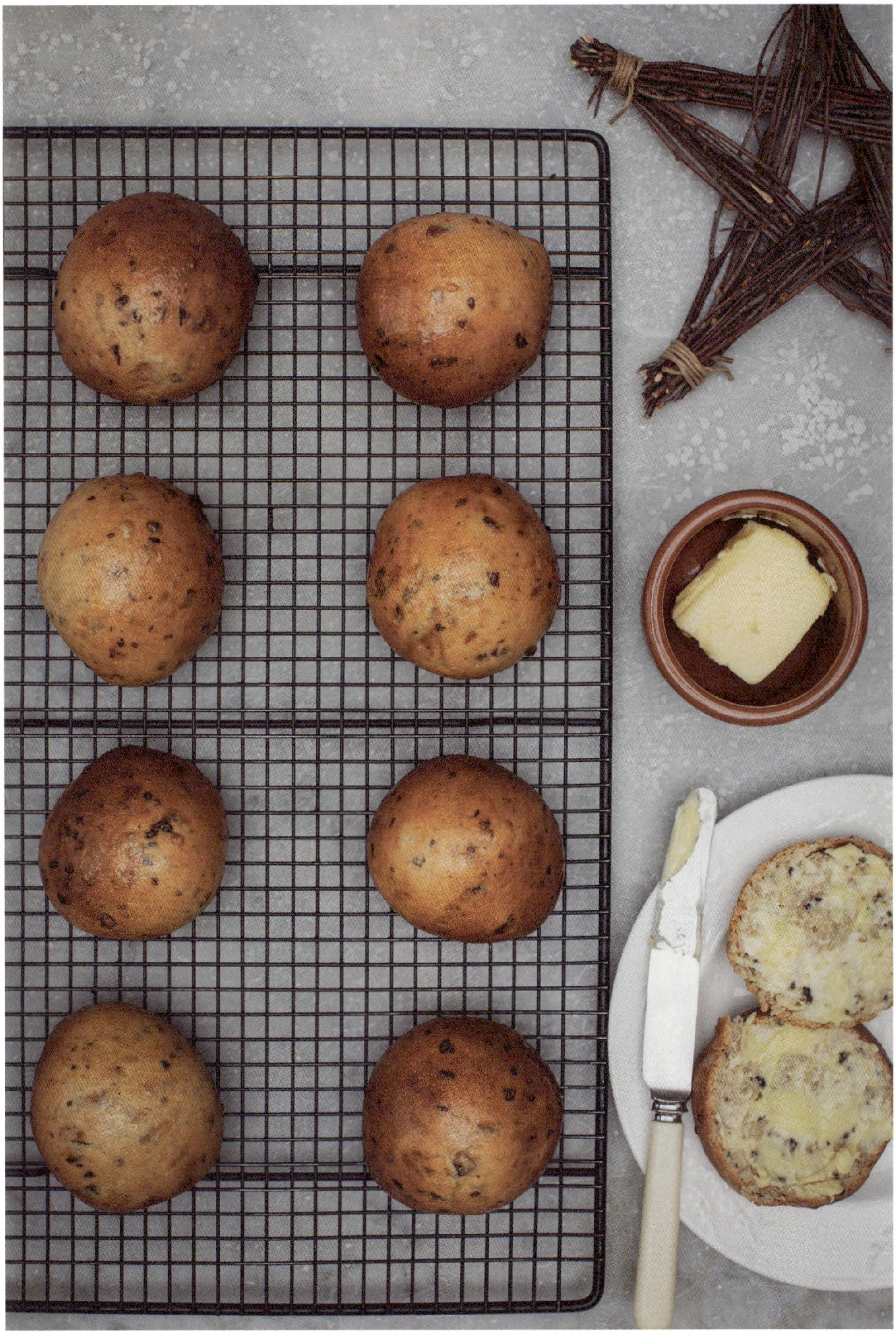

24
—

CORRIE CHISWELL

AULD LANG SYNE ... AMSER MAITH YN ÔL

Mae'n anodd dal gafael ar atgofion Nadolig fy mhlentyndod cynnar, mae'n union fel trio gweld y lleuad ar noson gymylog. Ar y pryd, roedd bywyd y teulu yn eitha ansefydlog ond rwy wastad yn cofio'r Nadolig, pan oedd teulu fy mam yn dod at ei gilydd i ddathlu, fel amser hudolus.

Pan o'n i'n fabi, symudon ni o ddinas Caeredin i fferm Gran a Grandpa yn y gororau. Roedd fferm Friarshawmuir mas yng nghanol nunlle, ond wnes i ddwlu tyfu lan o gwmpas yr anifeiliaid a'r tirlun prydferth. Mae'n anodd osgoi gweld o ble mae eich bwyd yn dod trwy fyw ar fferm. Rwy'n cofio'r twrci mawr brawychus yn yr iard amser cyn Nadolig yn cwrso ar ein hôl ni fel cythraul, a'r ŵyn bach annwyl yn diflannu o'r gorlan cyn i'r golwythion cig oen gyrraedd y bwrdd bwyd.

Newidiodd ein bywyd delfrydol gyda fy mam-gu ar y fferm pan o'n i'n wyth mlwydd oed. Dyna pan brynodd fy mam Etive, a fy llystad John, westy yn swydd Perth, yn Ucheldiroedd Canolog yr Alban. Roedd Coshieville yn westy hanesyddol; bu tafarn yno ers 300 mlynedd, ac yn ystod y ddeunawfed ganrif, roedd y gwesty'n frenhindy ble'r oedd swyddogion byddin y Cadfridog Wade yn preswylio tra'u bod nhw'n adeiladu ffordd newydd. Dan ofal fy mam a'm llystad roedd gan y gwesty fwyty safonol, tri bar, a naw stafell wely *en suite*. Roedd dylanwad coginio Ffrengig clasurol ar y fwydlen, oedd yn ffasiynol yn y saithdegau, yn cynnwys prydau egsotig fel *escargot*, *canard*, *coq au vin*, brithyll gydag almwn, *brandy snaps* a *profiteroles*. Daeth y 'Coshie Steak' yn atyniad mawr ac weithiau buasai'r potswyr yn gadael cig carw neu eog cyfan wrth ddrws cefn y bar ac yna'n galw mewn i gasglu'r arian amdanynt nes ymlaen. Roedd yr ardal yn denu llawer o ymwelwyr i saethu a physgota ar yr ystadau mawr cyfagos, ond byddai pob math o bobl yn ymweld â'r bwyty. Gwelodd Coshieville ei chyfran deg o enwogion dros y blynyddoedd. Ymwelodd Diana Rigg, Prunella Scales, Bryan Ferry, Arthur Scargill, Pete Murray, John Noakes o *Blue Peter*, a hyd yn oed Elizabeth Taylor a'i chweched gŵr, John Warner. Roedd hynny i gyd yn rhan o fywyd a magwraeth yn Coshieville; dipyn bach yn wallgo ond mewn ffordd dda.

CORRIE CHISWELL

Doedd e ddim yn anarferol i Mam a fy llystad weithio diwrnod 16 awr, ond roedd disgwyl i *bawb* dynnu eu pwysau. Swydd gyntaf fy mrawd bach a fi oedd gweithio ar y *petrol pumps*. Pan ganai'r gloch, bydden ni'n rhedeg mas dros y ffordd gyda bag ysgwydd bach lledr i gasglu'r arian. Allen ni bron ddim ag ymestyn at y pympiau, ond fe gawson ni lot o dips am fod mor fach.

Doedd adeg y Nadolig ddim gwahanol. Pawb yn gweithio, glanhau'r toiledau, gosod y byrddau, paratoi brecwast i westeion, coginio'r twrci a gweini'r diodydd. Ond erbyn pump o'r gloch ar ddydd Nadolig byddai'r drysau'n cau i'r cwsmeriaid. Bydden ni, y staff, ac fel arfer, cwpl o bobl leol oedd heb deulu, yn cael coctel Champagne yn y *snug bar*, cyn newid byrddau'r *function room* yn un bwrdd hir, gosod y celyn, yr addurniadau a'r cracyrs o'r stafell fwyta, a'i droi yn Nadolig i ni. Dyma'r amser i rannu anrhegion o gwmpas y goeden, ac o'r diwedd, dyma'r amser i fwyta. *Prawn cocktail* i ddechrau, gyda saws Marie Rose fy mam, yn cynnwys sudd oren ffres, Worcester Sauce, a chydig bach o baprica. Wedyn twrci, wrth gwrs, ac i orffen, *apple bannock*, sydd ychydig fel *strudel*; pestri, afalau, syltanas, sinamon, siwgwr a thipyn o nytmeg, a digon o win da o Ffrainc, yn naturiol.

Rwy'n cofio un Nadolig pan oedd y gaea'n arbennig o oer a'r eira'n drwm, fe gawson ni doriad trydan yn yr ardal. Heidiodd pobl o'r gymuned leol yno am fod gan y gwesty gyflenwad o nwy ac olew, aga fawr, a rhewgelloedd enfawr yn llawn bwyd. Roedd yn atmosfferig iawn, yr ystafelloedd yn olau gan ganhwyllau, wrth i ni groesawu pobl oedd wedi cerdded milltiroedd trwy'r eira gwyn gyda thortshys at y drws. Roedd pawb yn nabod pawb, a Coshieville yn gymdeithas yn ei hawl ei hun, gan chwarae rhan ganolog yn y gymuned ehangach.

Gyda Nadolig drosodd, roedd yna ddisgwyl mawr ar hyd y wlad a chynnwrf anferthol wrth aros i Hogmanay gyrraedd. Mae'r noson, a'r dyddiau sy'n dilyn pan awn ni i wneud y 'first footing', yn gyfnod arbennig iawn i bobl yr Alban. Dyma'r adeg pan fydd y gymuned yn dod at ei gilydd i ddathlu ac yfed tan i bawb glywed 'the bells' a chanu 'Old Lang Syne' mewn cylch mawr. Byddai pawb yn croesi eu dwylo yn ystod y pennill olaf, ac yn canu gyda'u breichiau ym mreichiau'i gilydd: 'And there's a hand, my trusty fiere! And gie's a hand o' thine!'

Roedd yna gefndir cerddorol i'r teulu – sefydlodd fy nhad y grŵp gwerin The Corries pan oedd yn y coleg celf yn y chwedegau. Roedd cerddoriaeth a chanu yn rhan naturiol o adloniant y gwesty i'r cwsmeriaid, ond hefyd, *after hours* yn y *snug bar*, ac yn arbennig yr adeg hon o'r flwyddyn. Doedd dim cynulleidfa achos roedd *pawb* yn rhan o'r canu. Gallai fod yn swnllyd iawn gyda gitârs, banjos, acordions a'r *bodhrán*, ac wastad *penny-whistle* neu ddau yn y

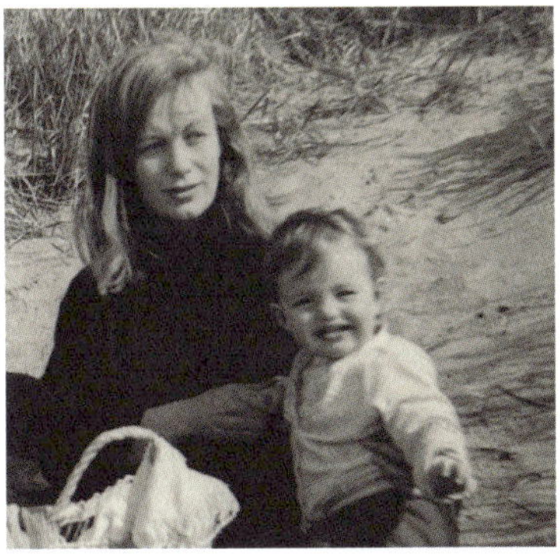

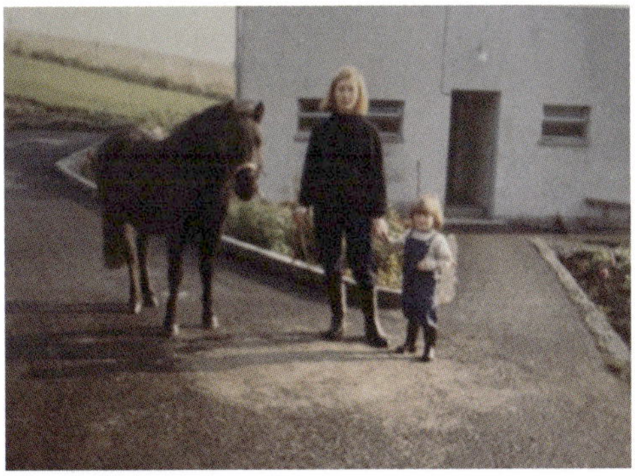

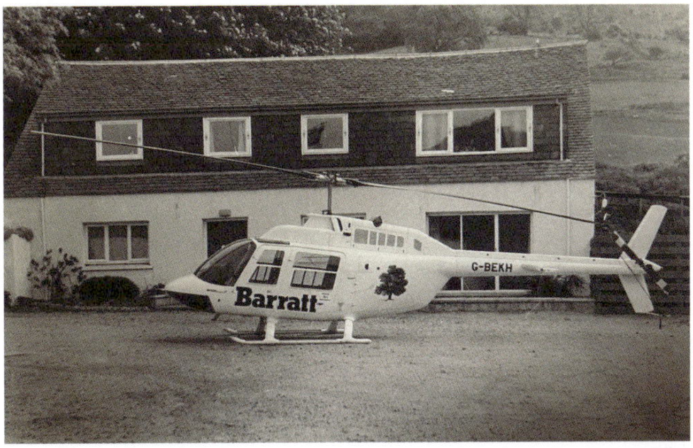
G-BEKH
Barratt

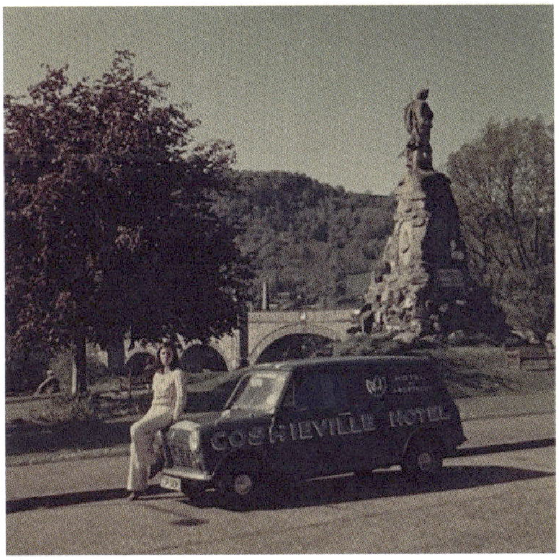
COSHIEVILLE HOTEL

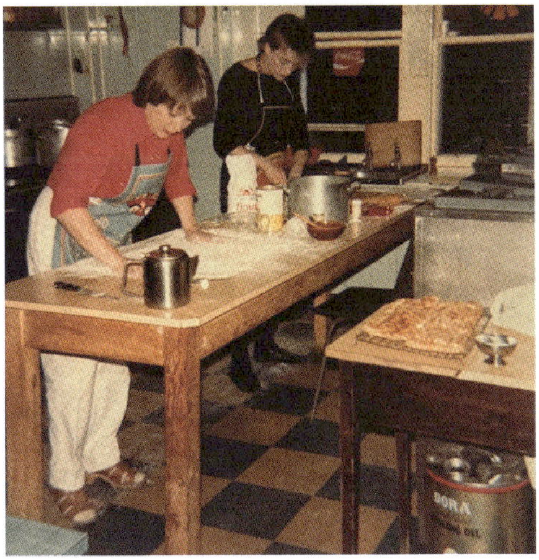
flour
DORA

cefndir. Fel arfer, byddai rhywun yn chwarae'r *bagpipes* hefyd, ac rwy'n cofio'r sain yn llenwi'r *snug* hyd at y nenfwd a phawb yn dawel ac yn gwrando gyda deigryn yn eu llygaid.

Y bore wedyn, ar fore Calan, mae yna groeso ym mhob cartref yn yr Alban i'r droed gyntaf gamu dros y trothwy; yn ddelfrydol dyn diarth fydd e, un gyda gwallt du'n cario glo, wisgi neu 'the dreaded black bun', yng ngeiriau Mam. Mae hyn yn golygu y bydd cynhesrwydd, cyfoeth a digon o fwyd ar yr aelwyd ar hyd y flwyddyn i ddod. Byddem yn arfer llenwi cefn y car gydag offerynnau, bwyd a diod, a dyna ni bant wedyn rownd tai a ffermydd yr ardal.

Byddai ymweld â Jock (the great John Fisher) a'i wraig Jean yn eu *gillie's cottage* lan yn Glen Lyon wir yn brofiad arbennig. Roedd yn lle mor brydferth ger yr afon, a'r tŷ yn swatio yn y mynyddoedd. Dyna, i ni, oedd greal sanctaidd y 'first footing', gyda Jock ar y *squeezebox* yn canu 'Bonnie Wee Jeannie McColl'. Rwy'n cofio chwarae a chanu am oriau, yfed wisgi a Baileys mewn gwydr tal llawn rhew, a defnyddio'r rhew i leddfu poen y bysedd ar ôl chwarae gymaint, a chyfuniad tanllyd y ddiod yn hyfryd ar gyfer y llwnc. Dyma i mi yw'r gwir ddathliad o'r gaeaf, o gerddoriaeth, ac o'r gymuned; dyma'r pethau sy'n bwysig mewn bywyd. Diwrnod i'r galon ac i'r enaid.

Mae pethau dipyn tawelach yng Nghymru i mi nawr, ond rwy'n dal yn dwlu ar y Nadolig gyda fy nheulu bach fy hun yng Nghaerdydd. Rhoi coeden fawr yn y ffenest flaen fel pawb arall ar y stryd, ac fe allwch weld y goleuadau o ben pella'r parc wrth fynd am dro. Rwyf wastad yn deffro'n gynnar, gynnar ar fore Nadolig i ddechrau coginio; mae'n f'atgoffa o'r gwesty a'r amserau hudolus a chymdeithasol hynny. Rwy'n dal i wneud y *prawn cocktail*, a pharatoi'r twrci, ac yn dal i ffonio Mam i gael ei rysáit *bread sauce*. Gyda gwydr o *fizz* yn fy llaw ac atgofion cynnes o'r gorffennol, rwy'n dal i anrhydeddu'r pethau pwysig.

COSHIEVILLE HOTEL
Fortingall 3
Glen Lyon 3
Fearnan 5
Tourist Trail

SALON

CORRIE CHISWELL

BANNOCK AFAL

Dyma fersiwn ein teulu ni o'r pwdin Albanaidd, traddodiadol hwn. Roedd yn ddewis poblogaidd iawn ar y fwydlen yn y gwesty.

Cynhwysion

(digon i 3 neu 4)
1 darn crwst pwff digon mawr i'w blygu'n siâp hirsgwar yn mesur tua 10cm x 25cm
3 neu 4 afal Granny Smith wedi eu plicio a'u torri'n dafelli
Llond llaw o syltanas
Pinsiad o sinamon
1 llwy de o nytmeg
Tua 60g siwgwr – yn dibynnu ar faint eich dant melys

Dull

Cynheswch eich popty ar dymheredd o 200°C (ffan 180°C/nod nwy 6). Cynheswch y siwgwr mewn padell ffrio dros wres isel/cymedrol am 5–8 munud, neu nes y bydd wedi ei garameleiddio yn lliw brown euraidd.

Ychwanegwch yr afalau at y ffrimpan gan adael iddyn nhw goginio yn y caramel am 10 munud, neu nes y byddant wedi meddalu. Diffoddwch y gwres, tynnu'r cymysgedd o'r badell, a'i adael i oeri at dymheredd yr ystafell.

Gorweddwch y crwst pwff yn llorweddol ar arwyneb glân, ac ychwanegu'r y cymysgedd afal ar hyd yr hanner gwaelod. Gadewch ffin o ryw 2cm er mwyn ei blygu.

Gwasgarwch y syltanas dros y cymysgedd, cyn taenu sinamon, a gratio nytmeg drosto.

Plygwch hanner ucha'r crwst pwff dros y cymysgedd ar yr hanner gwaelod, i greu siâp hirsgwar hirach. Seliwch yr ochrau â llaeth gyda brwsh coginio, cyn gwasgu'r ochrau at ei gilydd â'ch bysedd.

Yna taenwch arwynebedd y *bannock* gyda rhagor o laeth gan ddefnyddio brwsh, ac ysgeintiad bach o siwgwr brown. Gwnewch 3 neu 4 toriad bychan gyda chyllell ar yr arwyneb.

Rhowch y *bannock* ar dun a'i bobi yn y popty am 20–25 munud, nes bydd y crwst wedi troi'n lliw euraidd.

Gweinwch gyda hufen a hufen iâ.

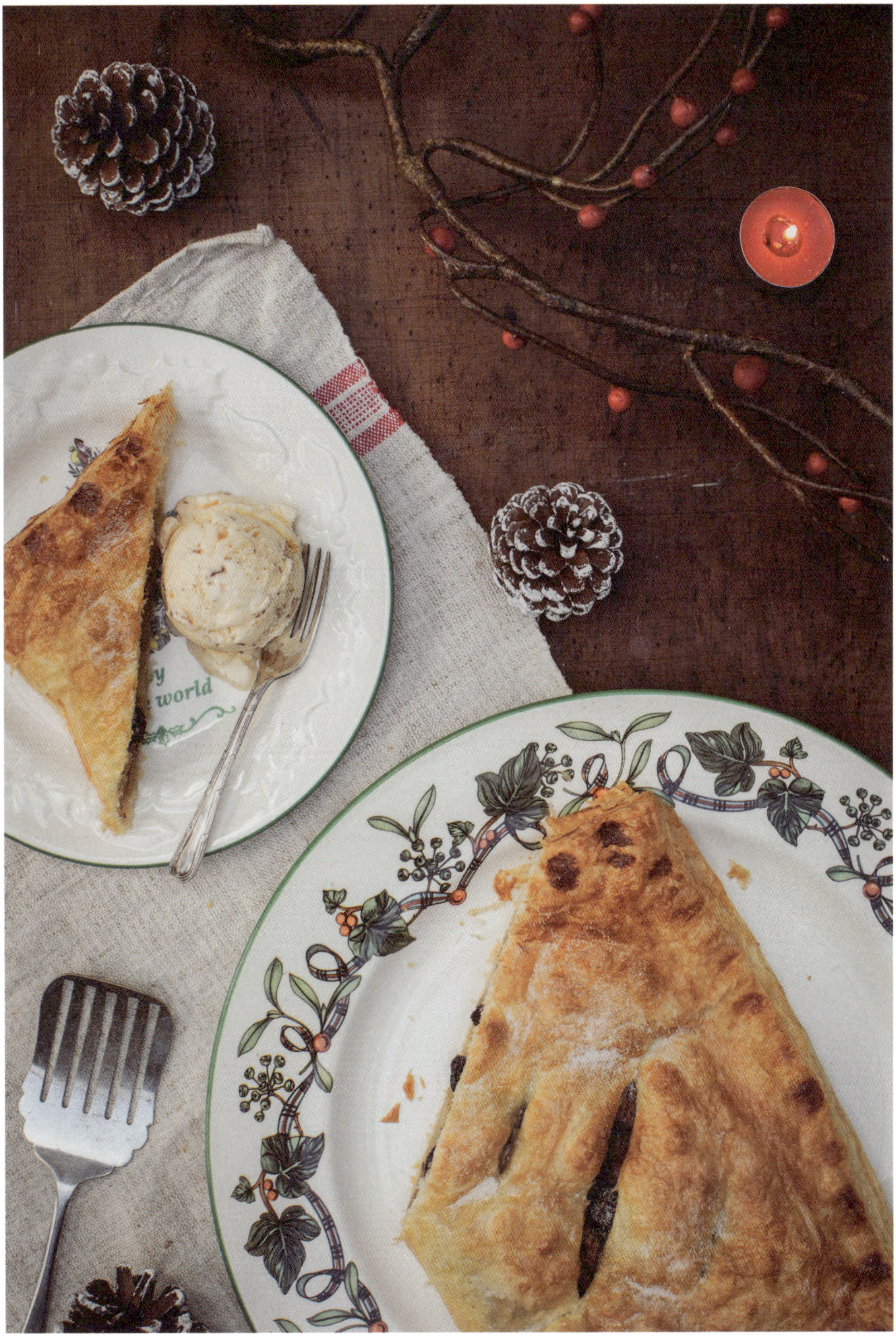
world

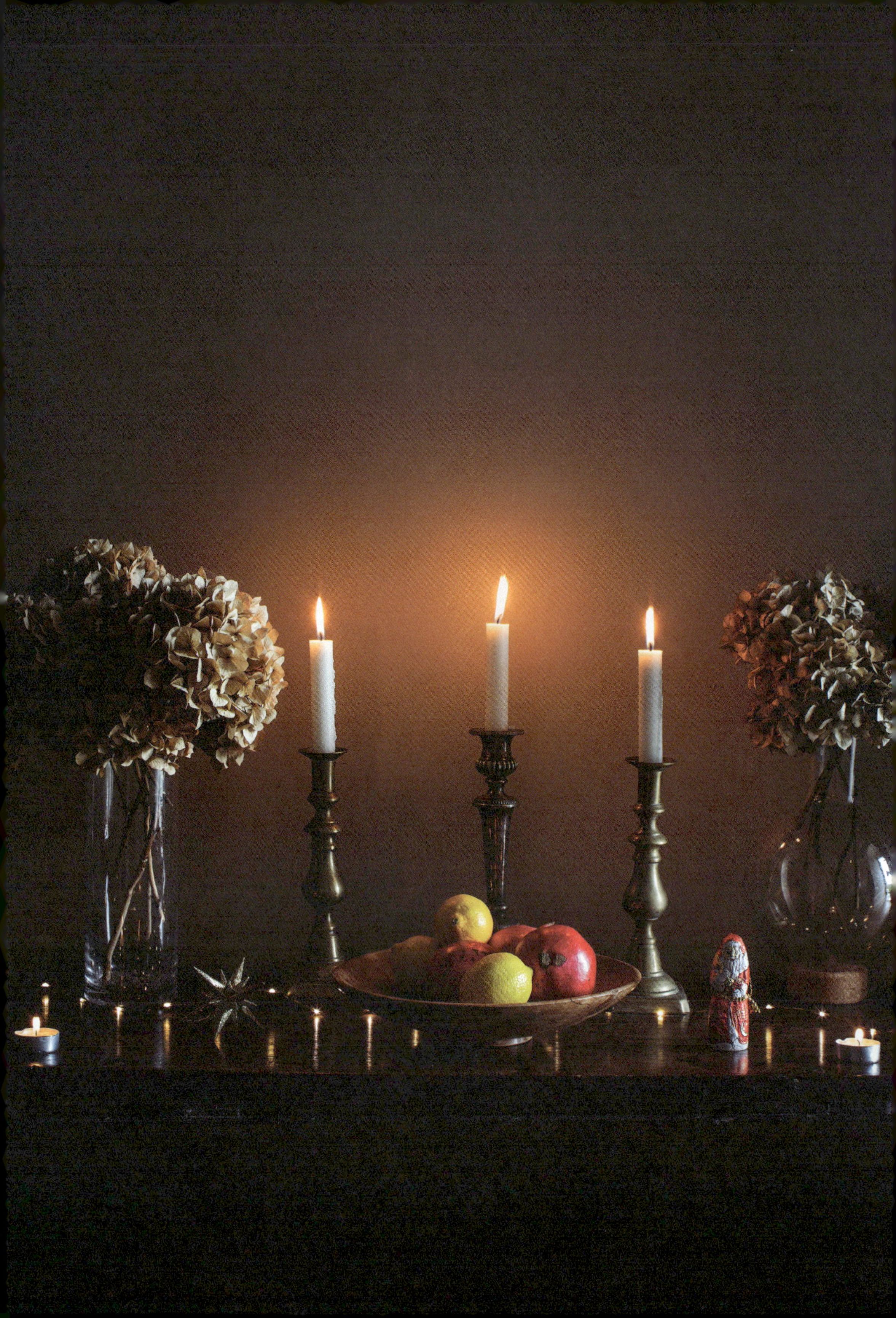

Y CYFRANWYR

Naturiaethwr, awdur ac athro yoga yw **Siân Melangell Dafydd**. Mae'n byw wrth droed y Berwyn. Ei hoff beth am y Nadolig yw dod yn ôl at hen draddodiadau, a chreu traddodiadau newydd. A fedrith hi ddim cael Nadolig heb fynd am dro hir ar fol llawn.

Mae **Menna Machreth** wedi ymgartrefu yng Nghaernarfon gyda'i theulu, ond daw'n wreiddiol o Landdarog, Sir Gaerfyrddin. O ddydd i ddydd gweithia fel swyddog polisi, ac mae hefyd yn mwynhau ysgrifennu a bod ar fwrdd menter gymunedol Llety Arall. Adeg y Nadolig, ei hoff beth yw estyn addurniadau o'r atig a chynnau goleuadau bach y goeden am y tro cyntaf.

Actores yw **Carys Eleri**, mae hefyd yn gantores, awdur, a chyflwynwraig. Ei hoff beth am y Nadolig yw cynhesrwydd pobl, y canu, a danteithion blasus yr ŵyl. Mae'n joio 'bach o *glitz* hefyd.

Garddwr, addysgwr, a chyflwynydd yw **Adam Jones** neu Adam yn yr Ardd. Mae'n byw bywyd hapus llawn garddio gyda'i deulu yn Sir Gâr. Mae wrth ei fodd yn llenwi ei fola â danteithion o flaen tanllwyth o dân adeg y Nadolig.

Perfformiwr, darlledwr a DJ yw **Gareth Potter**, sydd wedi bod yn aelod o sawl grŵp pop Cymraeg gweddol lwyddiannus. Fe yw awdur *Gadael yr Ugeinfed Ganrif* (Sherman Cymru). Mae'n byw yng Nghaerdydd gyda Sue ei wraig, a Ralph y *chihuahua*. Ei hoff beth am y Dolig yw cyrraedd adre ar noswyl Nadolig wedi blino'n lân, gan synnu eto bod blwyddyn arall ar fin dod i ben. Mae'r goleuadau pefriol, arogl gwin sbeislyd a chynhesrwydd y tân yn cyfrannu at y teimlad braf, ac mae'n gwybod fod wythnos o deulu a ffrindiau, dathlu a gwenu o'i flaen. O ... ac anrhegion. Mae'n dal i garu anrhegion.

Mae **Alun Cob** a **Nici Beech** yn byw yn Twthill, Caernarfon gyda Brychan Heddwyn Jones, y ci hoffus a barus. Mae Alun wedi ysgrifennu 6 o nofelau Cymraeg ac mae Nici'n fardd sydd wedi sgwennu llyfr coginio. Mae'r ddau wedi gweithio mewn sawl maes gan gynnwys y diwydiant arlwyo, ond yn cael mwy o flas ar goginio adref ac ar gyfer ffrindiau, yn enwedig dros gyfnod y Nadolig.

Y CYFRANWYR

Awdur o Gaerdydd yw **Lowri Haf Cooke**, mae'n llais cyfarwydd ar radio a theledu. Mae hi'n arbenigo ym myd bwyd a'r sinema, dwy elfen sy'n bendant yn cyfrannu at ei mwynhad hi o'r Nadolig. Y mae byd natur a cherddoriaeth hefyd yn gynhwysion pwysig o'r tymor hwn sy'n wledd i'r synhwyrau. Ei hoff beth am yr ŵyl yw dathlu gyda'i theulu a'i ffrindiau, cyn ymlacio gyda bocs o After Eights a phentwr o lyfrau.

Un o Bencader yw **Siân Eleri Roberts**, ond mae'n byw yn Nhrefor ers dros ddeugain mlynedd. Ei hoff beth hi am y Nadolig yw clywed y teulu'n potsian rownd y piano ac yn chwerthin ar Ddiwrnod yr Ham.

Mae **Jon Gower** yn awdur prysur ac yn ddarllenwr brwd. Un diléit Nadoligaidd sydd ganddo yw troi tudalennau *A Christmas Carol* gan Charles Dickens – stori sy'n fytholwyrdd, fel celyn – er mwyn cwrdd ag ysbryd ac ysbrydion yr ŵyl.

Mae **Huw Stephens** yn gyflwynydd BBC ar Radio 6, Radio Cymru a Radio Wales, ac yn byw yng Nghaerdydd gyda'i deulu. Ei hoff beth am y Nadolig yw cofio mai cyfnod yw e ac nid dim ond un diwrnod.

Mae **Angharad Penrhyn Jones** yn byw ym Machynlleth ac yn gwerthu llyfrau a sgwennu ar ei liwt ei hun. Ei hoff beth am y Nadolig ydy cael hoe o'r e-byst.

Nofelydd, darlledwraig a dynes ddoniol, amlbwrpas yw **Myfanwy Alexander** sy'n byw yn Sir Drefaldwyn. Yn ogystal â chyhoeddi pum nofel, mae hi wedi ennill gwobr Sony am gomedi radio, ac mae'n aelod o dîm Cymru ar y rhaglen *Round Britain Quiz* ar Radio 4. Fe fagodd chwech o ferched anhygoel. Ei hoff bethau am Nadolig? Carolau plygain a marsipán.

Llên-gwerinydd ac awdur yw **Delyth Badder**, yn ogystal â gweithio fel patholegydd pediatrig ac archwilydd meddygol i'r GIG. Ei hoff beth am y Nadolig yw hud a lledrith yr ŵyl ... a chael gwledda ar ambell fins pei.

Mae **Arwel Gruffydd** yn actor, awdur a chyfarwyddwr theatr. Mae hefyd yn gyn Gyfarwyddwr Artistig Theatr Genedlaethol Cymru. Ei hoff beth am y Nadolig yw'r drwydded mae'n ei roi i fwyta faint fynnir o siocled!

Maethegydd a hyfforddwraig bywyd yw **Elin Haf Prydderch**. Mae'n byw yng Nghaerdydd gyda'i phlant. Ei hoff beth hi am y Nadolig yw gweld wynebau ei phlant wrth iddynt agor eu hanrhegion.

Y CYFRANWYR

Mae **Peredur Lynch** yn Athro Emeritws yn y Gymraeg ym Mhrifysgol Bangor. Ei hoff beth ynghylch y Nadolig yw rhin noswyl Nadolig.

Mae **Mari Elin Jones** yn guradur arddangosfeydd, ac mae'n hoff iawn o botsian â geiriau, celf, a bwyd (ond ddim o anghenraid ar yr un pryd). Mae'n byw ar y Mynydd Bach, Ceredigion gyda'i gŵr a'u crwban. Ei hoff beth am y Nadolig yw'r esgus i dowlu fflachlwch dros bopeth!

Comedïwr, cyflwynydd ac awdur yw **Mel Owen** a ddaw'n wreiddiol o Aberystwyth ond sydd nawr yn byw yng Nghaerdydd. Ei hoff elfen o'r cyfnod Nadoligaidd ydy'r cyfweliad yn arddull CSI gan ei theulu am y rhesymau pam nad oes ganddi ŵr/plant/swydd go iawn eto.

Darllenydd Hanes a Hanes Cymru ym Mhrifysgol Caerdydd yw **Marion Löffler**. Yn wreiddiol o'r Almaen, ei hoff beth am y Nadolig yw bod yn yr hen *Heimat* (yr hen fro), ac yng nghanol y teulu estynedig gyda'i phlant.

Cyfieithydd yw **Dorian Morgan** sy'n byw yng Nghaerdydd. Dyw'r Nadolig heb ddechrau'n iawn tan iddo agor bocs o siocledi.

Mae **Elidir Jones** yn awdur ffantasi ac arswyd o Fangor sydd bellach yn byw ym Mhontypridd gyda'i wraig, ei fab, a dau gi gwyllt. Ei hoff beth am y Nadolig ydy'r ffaith ei fod yn dderbyniol yn sydyn reit i chwarae gemau bwrdd drwy'r dydd.

Bardd ac awdur yw **Elinor Wyn Reynolds**, mae'n byw yng Nghaerfyrddin gyda'i theulu. Ei hoff beth hi am y Nadolig yw'r ffordd mae amser yn arafu.

Awdur a darlithydd yw **Carwyn Graves**, a pherllannwr yn ei freuddwydion. Tu hwnt i syndod y Nadolig ei hun (Duw mewn preseb!) mae wrth ei fodd gyda'r carolau, y brandi, a'r ffaith fod yr hewlydd i gyd yn wag.

Arlunydd yw **Corrie Chiswell** sy'n dod yn wreiddiol o'r Alban. Mae'n byw yng Nghaerdydd gyda'i dwy ferch, Mari a Manon. Ei hoff beth hi am y Nadolig yw treulio amser hudolus gyda'r teulu.